U0926289

梁实秋 著

创造一种生活，取悦自己

江苏人民出版社

图书在版编目（CIP）数据

创造一种生活，取悦自己 / 梁实秋著 . — 南京：江苏人民出版社，2019.7（2023.11 重印）
ISBN 978-7-214-23581-7

Ⅰ . ①创… Ⅱ . ①梁… Ⅲ . ①散文集—中国—现代 Ⅳ . ① I266

中国版本图书馆 CIP 数据核字（2019）第 116919 号

书　　名　创造一种生活，取悦自己
著　　者　梁实秋
责任编辑　卞清波
出版发行　江苏人民出版社
地　　址　南京市湖南路 1 号 A 楼，邮编：210009
印　　刷　天津丰富彩艺印刷有限公司
开　　本　880 mm × 1 230 mm　1/32
印　　张　9
插　　页　4
字　　数　160 000
版　　次　2019 年 7 月第 1 版
印　　次　2023 年 11 月第 2 次印刷
标准书号　ISBN 978-7-214-23581-7
定　　价　49.80 元

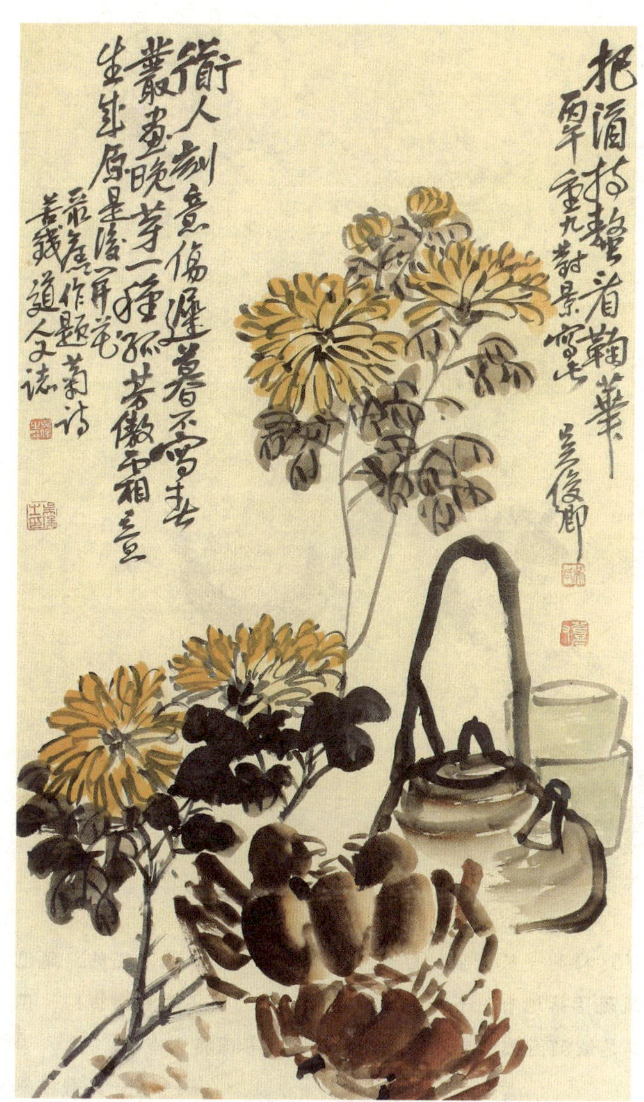

文人雅士水边修禊，山上登高，一向离不开酒。名士风流，以为持螯把酒，便足了一生，甚至于酣饮无度，扬言『死便埋我』，好像大量饮酒不是什么不很体面的事，真所谓『酗于酒德』。

——《饮酒》

菁清最近遇到了这样的一只野猫。白毛，大块的黑斑，耳朵是黑的，尾巴是黑的，背上疏疏落落地有三五大块黑，显着粗豪，但不难看，很脏，但是很胖，也许本是家猫而被遗弃的，也许它善于保养而猎食有道。

——《一只野猫》

最难得的是其近根处的木本，在泡松的木干之中抽出几根，透润的枝条，极有风致。比起芍药不可同日而语。尝看恽南田工笔画的没骨牡丹，只觉其美，不觉其俗，也许因为他不是画给俗人看的。

——《群芳小记》

陈留阮籍、谯国嵇康、河内山涛，三人年皆相比，康年少亚之。预此契者，沛国刘伶、陈留阮咸、河内向秀、琅邪王戎。七人常集于竹林之下，肆意酣畅，故世谓竹林七贤。

——《竹林七贤》

目录

CONTENTS

行到水穷云起处

c o n t e n t s

万物有灵皆自在

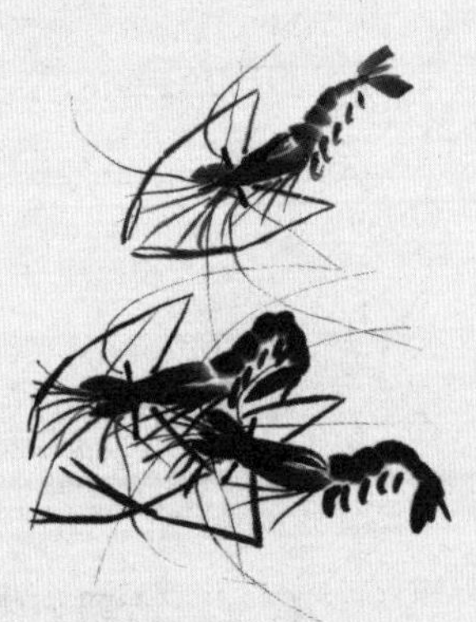

c o n t e n t s

箸间心上有真意

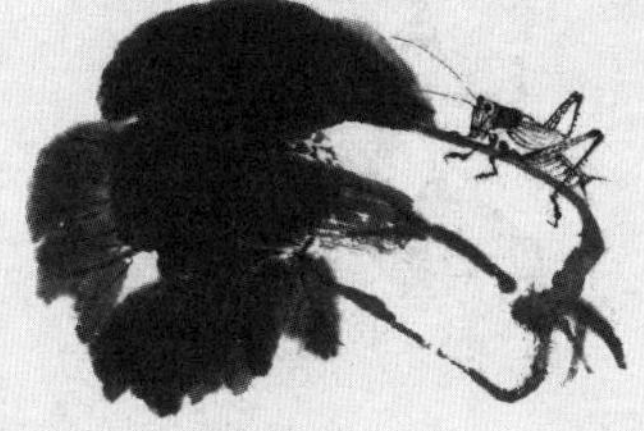

c o n t e n t s

腹有诗书气自华

行到水穷云起处

南游杂感

一

我由北京动身的那天正是清明节，天空并没有落雨，只是阴云密布，呈现出一种黯淡的神情，然而行人已经觉得欲断魂了。我在未走之前，恨不得插翅南翔，到江南调换调换空气；但是在火车蠕动的时候，我心里又忽自嗫嚅不安起来，觉得那座辉煌庞大的前门城楼似乎很令人惜别的样子。不知有多少人诅咒过北京城了，嫌它灰尘大。在灰尘中生活了二十几年的我，却在暂离北京的时候感到恋恋不舍的情意！我想跳下车来，还是吃一个星期的灰尘吧，还是和同在灰尘中过活的伴侣们优游吧……但是火车风驰电掣地去了。这一来不大打紧，路上可真断魂了。

断了一次魂以后，我向窗外一望，尽是些垒垒的土馒头似的荒冢；当然，我们这些条活尸，早晚也是馒头馅！我想我们将来每人头上顶着一个土馒头，天长日久，中国的土地怕要完全是一堆一堆的只许长草不许种粮的坟头了。经济问题倒还在其次，太不美观实在是令人看了难受。我们应该以后宣传，大家“曲辫子”以后不要在田地里筑起土馒头。

和我同一间车房的四位旅客，个性都很发达。A是一个小官僚，上了车就买了一份老《申报》和一份《顺天时报》。B、C、D三位似乎都是一间门面的杂货店的伙计。B大概有柜台先生的资格，因为车开以后他从一个手巾包里抽出一本《小仓山房尺牍》来看。C有一种不大好的习惯，他喜欢脱了鞋抱膝而坐。D是宰予之流，车开不久他就张着嘴睡着了；睡醒以后，从裤带上摘下一个琵琶形的烟口袋，一根尺余长的旱烟杆。这三位都不知道地板上是不该吐痰的，同时又不“强不知以为知”的，于是开始大吐其痰。我从他们的吐痰中，发现了一个中国人特备的国粹，“调和性”。一旦痰公然落到地板上以后，痰的主人似乎直觉地感到一些不得劲儿，于是把鞋底子放在痰上擦了几下。鞋底擦痰的结果，便是地板上发现一块平匀的湿痕（痰是看不见了，反对地板上吐痰的人也无话可说了，此之谓调和）。

从北京到济南，我就在这样的环境里生活着，我并没有什么不满，因为我知道这叫作“民众化”！

二

车过了济南，酣睡了一夜。火车的单调的声音，使人不能不睡。我想诗的音节的功效也是一样的，例如spencerian stanza，前八节是一样的长短节奏，足以使人入神，若再这样单调下去，读者就要睡了，于是从第×行便改了节奏，增加一个音。火车是永远的单调，并且是不合音乐的单调。但是未来派的音乐家都是极端赞美一切机轮轧轧的声音呢。

一觉醒来，大概是安徽地界了吧，但见一片绿色，耀入眼帘，比起山东地界内的一片荒漠，寸草不生的情形，真是大不相同了。我前年过此地的时候，正在闹水灾，现在水干了，全是良田。北方农人真是寒苦，不要说他们的收获不及南方农家的丰富，即是荒凉的环境，也够人难受了。但是由宁至沪一带，又比江北好多了，尽是一片一片的油菜花，阳光照上去，像黄琉璃似的，水牛也在稻田里面工作着，山清水秀，有说不出的一股畅和的神情。似泰山一带的山陵，雄险峻危，在江南是看不到了。"仁者乐山，智者乐水"，我想近水的人真是智，不说别的，单说在上海从四马路到马霍路黄包车夫就敲我二角钱!

三

我在上海会到的朋友，有郁达夫、郭沫若、成仿吾。除了达夫以外，都是没会过面的文字交，其实看过《女神》《三叶集》的人不能说是不认识沫若了。沫若和仿吾住在一处，我和达夫到他们家的时候，他们正在吃午饭。饭后我们便纵谈一切，最初谈的是国内翻译界的情形。仿吾正在做一篇论文，校正张东荪译的《物质与记忆》。我从没有想到张东荪的译本居然会有令人惊异的大错……

上海西方化的程度，在国内要首屈一指了。就我的观察所及，洋

但是由宁至沪一带，又比江北好多了，尽是一片一片的油菜花，阳光照上去，像黄琉璃似的，水牛也在稻田里面工作着，山清水秀，有说不出的一股畅和的神情。

服可以说是遍处皆是，并且穿得都很修洁可观。真糟，什么阿猫阿狗都穿起洋装来了！我希望我们中国也产出几个甘地，实行提倡国粹，别令侵入的文化把我们固有的民族性打得片甲不留。我在上海大概可以算是乡下人了，只看我在跨过马路时左右张望的神气就可以证实，我很心危，在上海充乡下人还不要紧，在纽约芝加哥被视为老憨，岂不失了国家体面？不过我终究还是甘心做一个上海的乡下人，纽约的老憨。

除了洋装以外，在上海最普遍的是几句半通的英语。我很怀疑，我们的国语是否真那样不敷用，非带引用英语不可？在清华的时候，我觉得我们时常中英合璧的说话是不大好的，哪里晓得，清华学生在北京固是洋气很足，到了上海和上海的学生比比，那一股洋气冲天的神情，简直不是我们所能望其项背了。

四

嘉善是沪杭间的一个小城。我到站后就乘小轿车进城，因为轿子是我的舅父雇好了的。我坐在轿子上倒也觉得新奇有趣。轿夫哼哈相应，汗流浃背，我当然觉得这是很不公道的举动，为什么我坐在轿上享福呢？但是我偶然左右一望，看着黄金色的油菜花，早把轿夫忘了。达夫曾说："我们只能做bourgeoisie的文学，'人力车夫式'的血泪文学是做不来的。"我正有同感。

嘉善最令我不能忘的两件事：便桶溺缸狼藉满街，刷马桶、淘米、洗菜在同一条小河里举行。这倒真是丝毫未受西方化影响的特征。

两条街道，虽然窄小简陋，但是我走到街上心里却很泰然自若，因为我知道我身后没有汽车、电车等杀人的利器追逐我。小小的商店，疏疏的住房，虽然是很像中古时期的遗型，在现代未免是太无进步，而我的确看到，住在这里的人，精神上很舒服，“乐在其中矣”。

这里有一个医院、一个小学校、一个电灯厂，还有一营的军队。鸦片烟几乎是家常便饭，吸者不知凡几。生活程度很低，十几间房子租起来不过五块钱。我想大城市生活真是非人的生活，除了用尽心力去应付经济压迫以外，我们就没有工夫做别的事了。并且在大城市里，物质供给太便利，精神上感到不安宁的苦痛。所以我在嘉善只住了一天，虽然感受了一天物质供给不便利的情形，但是我在精神上比在上海时满意多了。

五

我到南京，会到胡梦华和一位玫瑰社的张女士，前者是我的文字交，后者是同学某君介绍的，他们都是在东南大学。我到南京的时候是下午，那天天气还好，略微有些云雾的样子。梦华领我出了寄宿舍，和一个车夫说：“鸡鸣寺！怎么？你去不去？”车夫迟疑了一下，笑着说：“去！”我心里兀自奇怪，我想：车夫为什么笑呢？原来鸡鸣寺近在咫尺，我们坐上车两三分钟就到了，这不怪车夫笑我们，我们下了车自己也忍不住笑起来。梦华说：“我恐怕你疲倦了……”

鸡鸣寺里有一间豁蒙楼，设有茶座，我们沿着窗边坐下了。这里有许多东大的学生，一面品茶，一面看书，似乎是非常潇洒快意。据说这个地方是东大学生俱乐部的所在。推窗北眺，只见后湖的一片晶波闪烁，草木葱茂。石城古迹，就在寺东。

北极阁在寺西，雨渍尘封，斑驳不堪了，登阁远瞩，全城在望。

南京的名胜真多，可惜我的时间太短促了。第二天上午我们游秦淮河，下午我便北返了。秦淮河的大名真可说是如雷贯耳，至少看过《儒林外史》的人应该知道。我想象中的秦淮河实在要比事实的还要好几倍，不过到了秦淮河以后，却也心满意足了。秦淮河也不过是和西直门高粱桥的河水差不多，但是神气不同。秦淮河里的船也不过是和万牲园松风水月处的船差不多，但是风味大异。我不禁想起从前鼓乐喧天灯火达旦的景象，多少的王孙公子在这里沉沦迷荡！其实这里风景并不见佳，不过在城里有这样一条河，月下荡舟却也是乐事。我在北京只在马路上吃灰尘，突然到河里荡漾起来，自然觉得格外有趣。

东南大学确是有声有色的学校，当然他的设备是远不及清华，他的图书馆还不及我们的旧礼堂；但是这里的学生没有上海学生的浮华气，没有北京学生的官僚气，很似清华学生之活泼朴质。清华同学在这里充教职的共十七人，所以前些天我们前校长周寄梅到这里演说，郭校长说出这样一句介绍词：“周先生是我们东南大学的太老师。”实在，东大和清华真是可以立在兄弟行的。这里的教授很能得学生的敬仰，这是胜过清华的地方。我会到的教授，只是清华老同学吴宓。

我到吴先生班上听了一小时，他在讲法国文学，滔滔不断，娓娓动听，声如走珠，如数家珍。我想一个学校若不罗致几个人才做教授，结果必是一个大失败。我觉得清华应该特别注意此点。梦华告诉我，他们正在要求学校把张鑫海也请去，但因经济关系不知能成功否。下午梦华送我渡江，我便一直地北上了。我很感激梦华和张女士，蒙他们殷勤的招待，并且令梦华睡了一夜的地板。

六

我南下的时候，心里多少还有几分高兴，归途可就真无聊了。南游虽未尽兴，到了现在总算到了期限，不能不北返了。在这百无聊赖的火车生活里怎么消遣？打开书本，一个字也看不进去，躺在床上，睡也睡不着。可怕的寂寥啊！没有法子，我只有去光顾饭车了。

一天一夜的火车，真是可怕。我想利用这些时间去沉思吧，但是辘辘的车声吵得令人焦急。在这无聊的时候，我也只有做无聊的事了。我把衣袋里的小本子拿出来，用笔写着：——“我是北京清华学校的某某，家住北京……胡同，电话……号，In case of accident, please notify my family！”事后看起来，颇可笑。车到泊头，我便朗吟着：

——列车抖得寂然，到哪一站了？

我起来看看。

路灯上写着“泊头”，

我知道到的是泊头。

无聊的诗在无聊的时候吟，更是无聊至极了。唉，不要再吟了，又要想起那“账簿式”的诗集了！

我在德州买了一筐梨，但是带到北京，一半烂了。

我很想在车上作几首诗，在诗尾注上“作于津浦道上”，但是我只好让人独步，我实在办不了。同车房里有一位镇江的妇人，随身带了十几瓶醋，那股气味真不得了，恐怕作出诗也要带点秀才气味呢。

在夜里十点半钟，我平安地到了北京，行李衣服、四肢头颅完好如初，毫无损坏。

六朝如梦
——记六十年前的南京

江雨霏霏江草齐，六朝如梦鸟空啼。
无情最是台城柳，依旧烟笼十里堤。

这是唐末五代前蜀诗人韦庄的一首七言绝句《金陵图》，咏的是一幅图画，有怀古感慨之意。金陵自古帝王洲，明成祖迁都北京，金陵始有南京之名。虎踞龙盘，再加上六朝金粉，俨然江南文化重镇，历来文人雅士常有吟咏描述的篇章。韦庄的这一首是最著名的之一。

民国十五年秋，我在南京有半年的勾留，赁屋于东南大学大门对面的蓁巷。从海外归来，初到南京，好像有忽然置身于中古时代之感。以面积论，南京比北京大。从下关进入市内，唯一的交通工具是破旧的敞篷马车，路旁大部分是田畴草牧。南京的饮水要由挑夫或水车从下关取江水运到市内，江水是黄泥浆，家家都要备大水缸，用明矾澄清之后才能饮用。南京有电灯厂，电力不足，灯泡无光，只露丝丝红线，街灯形同虚设，人人须备手电筒。至于厕所，则侧列蹲坑，不备长筹，室有马桶，绝无香枣。每年至少产卵三次、每次至少产卵二百的臭虫，温热带地区无处无之，而“南京虫”之名独为天下所熟知，好像冤枉，不过亲自领教之后亦知其非浪得虚名。

因韦庄诗说起台城，我就先从台城说起。台城离我的学校和住处很近。一日午后课毕，偕友步行趋往。所谓台城，本是台省与宫殿所在之地的总称，其故址在鸡鸣山南干河沿北。今习称鸡鸣寺北与明城墙相接的一段为台城遗址，实乃附会。但是台城太有名了，相传梁武帝萧衍于侯景之乱饿死于此。也有人说梁武帝并非饿死，实因老病于战乱之中死去。所有这些历史上的事实，后人不暇深考，鸡鸣寺附近那一段城墙大家认为是台城，我们也就无妨从众了。那一段城墙有个颇为宽大而苔藓丛生的墁砖的斜坡，循坡而上，即至墙头。这地方的景观甚为开阔，王勃《梓州福会寺碑》所谓“右萦层雉，左控崇峦”庶几近之。不过到处都是败壁摧垣，有一片萧索寂寥之感。我去的那一天，正值初秋，清风飒至，振衣当之，殊觉快意。想起台城在六朝的故事，由梁武帝想到陈后主，也不知那景阳井（胭脂井）究竟在什么地方，只觉得一幕幕的历史悲剧曾在这一带扮演过，不禁兴起阵阵怀古的哀愁。这时节夕阳西下，猛听得远远传来军中喇叭的声音，益发凄凉，为主楸然，遂偕友携手踉跄而下。以后我们还去过许多次，凄迷的淑景至今不能忘。

南京有两个湖，一大一小。大的是玄武湖，小的是莫愁湖。玄武湖在南京城东北，周长约十五公里，面积约四平方公里半。其中有几个岛屿。本是历朝操练水兵和帝王游宴之所，后来废湖为田，又曾几度疏浚为湖，直到清末辟为公园，习称后湖。其间古迹不少，如东晋郭璞的坟墓等。萧统编《昭明文选》也是在这个地方。我曾去过后湖两次，匆匆不及深入观赏，只见到处是席棚茶座，扰攘不堪。莫愁湖小得多，在水西门外，周长仅约三点五公里。相传南齐时代，洛阳女子莫愁远嫁到此地的卢姓人家，夫君远征，抑郁寡欢，湖因此得名。此说似不可信，因六朝时此地尚属大江的区域，莫愁湖之名始见于北宋乐史《太平寰宇记》。湖虽小，但有一段不平凡的历史。传说明太祖朱洪武曾在这湖上和徐达下过一局棋，赌注就是莫愁湖，徐达赢了，莫愁湖就成了他的别墅。后来好事者在此建了一座楼，名“胜棋楼”。大门口还有一副对联：

粉黛江山留得半湖烟雨

王侯事业都如一局棋枰

倒也稳妥贴切，可惜那局棋谱没有留下，无由窥测徐达的黑子棋怎样在白子中间摆出了“万岁”二字。我去游赏过一次，湖山仍旧，只是枯荷败柳，一片荒凉。

莫愁湖一度号称“金陵第一名胜”，而我最欣赏的地方却是清凉山下的扫叶楼。扫叶楼是明末清初高人画士龚贤（半千）的隐居之地，在水西门外，毗近莫愁湖。驱车至清凉寺，拾级而升，数转即可登楼上。半千是昆山人，流寓金陵，结庐于清凉山下，葺“半亩园”，筑“扫叶楼”，莳花种竹，远离尘嚣，以卖书鬻画自给。从游者甚众，编《芥子园画传》之王概即出其门下。我游扫叶楼，偕往者胡梦华、卢冀野，二君皆已下世。犹忆在扫叶楼上论茗清谈，偷闲半日。俯视半亩园，局面甚小，而趣味不俗。明末清初，江南固多隐逸，“金陵八家”以半千为首。其画用笔厚重，用墨丰秾，与时下泼墨之风迥异。半千不独以书画胜，人品之高尤足令人起敬。壁间中央供扫叶僧画像一帧，惜余当时未加详察，今已不复记忆是半千自画像的原本，抑或是后人模拟之作。对半千其人，我至今怀有敬意，因而对扫叶楼印象亦特别深刻。

明初宫殿建筑几已完全毁于兵燹，唯孝陵木构殿堂之石基尚在，石碑翁仲以及神兽雕刻大体完好，具见其规模之宏大。陵前殿址有屋数楹，想系后人所筑，游客至此可以少憩。壁间悬朱元璋画像，不知何人手笔，獐头鼠目，长长的下巴，如猪拱嘴，望之不似人君。也有人说此像相当逼真，帝王之相固当有异常流。我对朱元璋个人的印象相当复杂，以一个平民出身的人而能克敌制胜位至九五，当然颇不简单，但其为人之猜忌残酷，亦历来所少有。他入葬孝陵，殉葬者有十余人，极人间之惨事。明清两代荒谬绝伦之文字狱，朱元璋实开其端。我凭吊其陵寝，很难对他下一单纯之论断。从陵门到孝陵殿基址，有一拱形墓门隧道直抵墓门，据专家言乃一伟大的建筑设计。

明末清初，江南固多隐逸，『金陵八家』以半千为首。其画用笔厚重，用墨丰秾，与时下泼墨之风迥异。半千不独以书画胜，人品之高尤足令人起敬。

从明陵折返，途经一小博物馆，内中陈列若干古物之中有一块高与人齐的石头，上面血渍殷然，据云是方孝孺洒的血。我看了大为震撼。方孝孺一代大儒，因拒为明燕王棣篡位草诏而被判大逆，诛九族，方曰“诛十族亦无所惧”，于是于九族之外加上门生一族，八百七十余人死之！这是历史上专制帝王最不人道的暴行！这也是重义节的读书人为了正义而付出的最大的代价。我在小学读历史，老师讲起过诛十族的故事，即不胜其愤慨，如今看到这血渍石，焉得不为这惨痛的往事而神伤？

到了南京而不去秦淮河一游，好像是说不过去。东南大学外文系教授李辉光、畜牧系的教授罗清生，经常和我在一起游宴。有一天我提议去看看这“烟笼寒水月笼沙”的胜景，二公无兴趣，强而后可。在华灯初上的时候，我们到了河畔。哇！窄窄的一条小河，好像是一汪子死水，上面还泛着一些浮沤，两岸全是破敝的民房，河上泊着几只褪色的游艇。我们既来则安，勉强地冲着一只游艇走去，只见船舱中走出一位衣履不整的老妪，带着一位浓妆艳抹俗不可耐的村姑出来迎客。我们不知所措，狼狈而逃，恐怕真是赢得李太白诗中所谓“两岸拍手笑”了。未来之前不是没有心理准备。明知这条传说中“祖龙”开凿的河渠两岸有过多少风流韵事，都早已成为陈迹，不复存在，但是万没想到会堕落荒废到如此的地步。只能败人意，扫人兴，怎能勾起人一丝半点的思古之幽情？朱自清写过一篇《桨声灯影里的秦淮河》，为人传诵，他认为当时的秦淮河上的船依然“雅丽过于他处而又有奇异的吸引力”，我不能不惊服佩弦先生的胃口之强了。

金陵号称有四十八景，可观之地当然不只上述几处，我课余得闲游览所及如是而已。友辈往还，亦多乐事。张欣海、余上沅、陈登格和我，当时均无室家，如无其他应酬，每日晚餐辄相聚于成贤街一小餐馆。南京烹调并不独树一帜，江南风味，各地相差不多。我们每餐都很丰盛，月底结账，四人分摊，每人摊派三十余元，约合一般教授月薪六分之一。有一天，李辉光告我，北门桥有一西餐馆供应鹿肉，唯须预订，俟猎户上山有获，即通知赴宴。我为好奇，应允参加一份。不久，果然接到通知，欣然往。座客六七人。鹿唯两后腿可食。虽非珍馐，究属难得一尝的野味。其实以鹿肉供食，在我国古时是寻常事。《礼记·内则》：“春宜羔豚……夏宜腒鱐……秋宜犊麛……冬宜鲜羽……”麛，同麑，小鹿也。又提到鹿脯、麋脯、麇脯之类。可见食鹿肉并不稀奇。

罗清生最善拇战，划拳赌酒，多半胜券在握。我曾请教其术，据告并无秘诀，唯须默察对方出拳之路数，如能看出其中变化之格式，自然易于猜中，同时自己之路数亦宜多所变化，务使对方莫测高深。因思《孙子兵法·谋攻篇》所谓“知彼知己，百战不殆”，大概即是这个道理。我聆教之后，数十年间以酒会友拳战南北几乎无往不利。

图书馆主任洪范五先生亦我酒友之一，拇战时声调高亢，有如铜锤花脸。其寝室内经常备有一整脸盆之茶叶蛋，微火慢煨，蛋香满室。不独先生有此偏嗜，客来必定飨蛋一枚。每蛋均写有号码，以志燉煮之先后。来客无不称美，主人引以为乐。

民国十六年春，革命军北伐，直薄南京，北军溃败，学校停课改组，我未获续聘，因而结束我在南京半载之盘桓。六十年前之南京，其风景人物，已经如梦，至若怀想六朝时代之金陵，真是梦中之梦了。

动物园

我爱逛动物园。从前北平西直门外有个三贝子花园，后来改建为万牲园，再后来为农业试验所。我小时候正赶上万牲园的全盛时代。每逢春秋佳日，父母则带着我们几个孩子去逛一次。

万牲园门口站着两个巨人，职司检票。他们究竟有多高，已不记得，不过从稚小的孩子眼里看来，仰而视之，高不可攀，低头看他的脚，大得吓人！两个巨人一胖一瘦，都神情木然，好像是陷入了“小人国”，无可奈何地站在那里。万牲园的主事者找到这两个巨无霸把头关，也许是把他们当作珍禽异兽一般看待，供人观赏。至少我每次逛万牲园，最兴奋的第一桩事就是看那两位巨人。可惜没有三五年，二人都先后谢世，后起无人，万牲园为之大为减色。

走进大门，有两个入口，左为植物园，右为动物园。两个园之间有路可通，游人先入动物园，然后循线入植物园，然后至出口。中间还有一条沟渠一般的小河，可以行船，游人纳费登舟，可略享水上漂浮之趣。登船处有一小亭，额曰“松风水月”，未免小题大做。有河就不能没有桥，在畅观楼前面就起了一座相当高大的拱桥，俗所谓罗锅桥。桥本身不错，放在那里却有一些不伦不类。

植物园其实只是一个苗圃，既无古木参天，亦无丘陵起伏，一片平地，黄土成垄而已。但是也有两个建筑物。一个是畅观楼，据说是慈禧太后去颐和园时途经此地，特建此楼为息足之处。楼高两层，洋式，内贮历朝西洋各国进贡的自鸣钟，满坑满谷，大大小小，形形色色，足有数百余具。当时海运初开，平民家中大抵都有自鸣钟，但是谁也没见过这样的场面，到此大开眼界。为什么这样多的自鸣钟集中陈列在此，我不知道。除了自鸣钟之外，还有两个不寻常的穿衣镜，一凹一凸，走近一照，不是把你照成面如削瓜，便是把你照成柿饼脸，所以这两个镜子号称为“一见哈哈笑”。孩子们无不嬉笑称奇。

另一个建筑是豳风堂。是几间平房，但是堂庑宽敞，有棚可遮阳，茶座散落于其间。游客到此可以品茗休息。堂名取得好，《诗经·豳风·七月》之篇，描述垄亩之间农家生活的况味。

植物园的风光不过如此，平凡无奇，但是，久居城市的人难得一嗅黄土泥的味道，难得一见果树成林的景象，到此顿觉精神一振。至于青年男女在这比较冷僻的地方携手同行，喁喁私语，当然更是觉得这是一个好去处了。

万牲园究竟是以动物园为主。这里的动物不多，可是披头散发的雄狮、斑斓吊睛的猛虎、笨拙庞大的犀牛、遍体条纹的斑马、浑身白斑的梅花鹿、甩着长鼻龅着大牙的象、昂首阔步有翅而不能飞的鸵鸟、略具人形的狒狒、成群的抓耳挠腮的猕猴、蜿蜒腹行的巨蟒、借刺防身的豪猪、时而摇头晃脑时而挺直人立的大黑狗熊，此外如大鹦鹉、小金丝雀之类，也差不多应有尽有了。我难以忘怀的是在池塘柳荫之下并头而卧交颈而眠的那一对色彩鲜艳的鸳鸯，美极了。

动物关在栏里，一定很苦，就拿那黑熊来说，偌大的身躯长年关在那方丈小笼之内，直如无期徒刑。虽然动物学家说，动物在心理上并不一定觉得它是被关在笼子里，而是人被关在笼子外，人不会来害它，它有安全感。我看也不一定安全，常有自恃为万物之灵的人，变着方法欺侮栅里的兽，例如把一根点燃了的纸烟递到象鼻的尖端，烫它一下。更有人拿石头掷击猴子，好像是到动物园来打猎似的！过不了多少年，园里的动物一个个地进了标本室，犹人之进了祠堂一般。是否都是“考终命”，谁知道?

动物一个个地老成凋谢，那些兽栅渐渐十室九空。显然的，动物园已难以维持下去。我记得我最后一次去是在我二十岁左右的时候，偕友进得大门干脆左转，照直踱入植物园，在苗圃里徜徉半天，那萧索败落的万牲园我不忍再去一顾。童时向往的万牲园，盛况已成陈迹了。

自从我离开北平，数十年仆仆南北，尚未看到过一个像样的动物园。我们中国人对于此道好像不甚考究。据司马相如的《上林赋》，汉武帝增扩的上林苑周袤三百里，其中包括了一个专供天子畋猎的动物园，可以“生貔豹，搏豺狼，手熊罴，足壄羊，蒙鹖苏，绔白虎，被斑纹……”真是说得天花乱坠，恐怕只是文人词客的彩笔夸张，未

据司马相如的《上林赋》，汉武帝增扩的上林苑周袤三百里，其中包括了一个专供天子畋猎的动物园，可以“生貔豹，搏豺狼，手熊罴，足壄羊，蒙鹖苏，绔白虎，被斑纹……”真是说得天花乱坠，恐怕只是文人词客的彩笔夸张，未必属实。

必属实。我看见过的现代民间豢养的动物，无非是在某些公园中偶然一见的一两只虎，市廛游戏场中之要猴子要狗熊的等等而已。直到一九四九年我来到台湾，才得以在台北圆山再度亲近一个动物园。

圆山动物园规模不算大，但是日本人经营的作风相当巧妙。岛国的人最擅长的，是在咫尺之间造出那样多的曲折迂回。圆山动物园应是典型的东洋庭园艺术的一例。小小的一个山丘，竟有如许丘壑。最高处路旁有一茶肆，有高屋建瓴之势，凭窗远眺，于阡陌梯田之中常见小火车一列，冒着蒸汽蜿蜒而过。夕阳反照，情景相当幽绝。彼时我寓中山北路，得便常去一游。好多次看见成群的村姑结伴而行，一个个手举着高跟鞋跣足登陟山坡，蔚为一景（如今皮鞋穿惯，不复见此奇景矣）。

有一次游园，正值园工手持活鸡饲蛇。游人蠢聚争睹此一奇观。我亦不禁心动，攘臂而前，挤入人丛，但人墙无由冲破，乃知难而退。退出后始发觉西装袋上所插之自来水笔已被人扒去。对我而言，当时失掉一支笔，损失很重。笑话中“人多处不可去”之阃训，不无道理。因此我想，我来动物园是来看动物，不是来看人。要看人，大街小巷万头攒动，何必到这里来凑热闹？从此动物园我就少去了。后来旁边又拓辟了儿童乐园，我更加明白这不是属于我的去处。但是我对于那些动物还是很关心的。听说有些游客捉弄动物、虐待动物，我就非常愤懑。听说园中限于经费，有时虎豹之类不能吃饱，我也难过，因为我们把兽关进园内，它们就是我们的客，待客有待客之道。

就如同我们家里养猫养狗，能让它们饔飧不继吗?

圆山动物园就要迁移新址，动物将有宽敞的自然的生活空间，我有五愿:

一愿它们顺利乔迁;

二愿它们此后快乐;

三愿园主园丁善待它们;

四愿游客不要虐待它们;

五愿大家不要污染环境。

我觉得动物园之迁移新地，近似整批囚犯的假释，又像是一次大规模的放生。

好多年前，记得好像是《新月》杂志第四期，载有一篇《动物园中的人》，是英国小说家David Garnett作，徐志摩译。小说的大意是叙述一个人自愿进入动物园，住进一个铁栏，作为动物的一类，任人参观。他被接受了，栏上挂着一个牌子“Homo Sapiens（灵长类）人”。下面注一行小字:“请游客不要惹恼他。”这只是小说的开端，志摩没有继续译下去。我劝他译完全篇，他口头答应但是没有做。虽是残篇译本，我们可以看出这部小说的构想不错。我至今忘不了这个残篇，就是因为我一直在想，想了几十年，想人类在动物界里究竟占什么样的地位。是万物之灵，灵在哪里?是动物中兽的一类，尚保有多少兽性?人性是什么?假如要我为那“动物园中的人”写一篇较详细的说明书，我将如何写法?这一连串的问题我一直在想，但是参不透。

忆青岛

“上有天堂，下有苏杭。”天堂我尚未去过。《启示录》所描写的：“从天上上帝那里降下来的圣城耶路撒冷，那城充满着上帝的荣光，闪烁像碧玉宝石，光洁像水晶。”城墙是碧玉造的，城门是珍珠造的，街道是纯金的。珠光宝气，未能免俗。真不想去。新的耶路撒冷是这样的，天堂本身如何，可想而知。至于苏杭，余生也晚，没赶上当年的旖旎风光。我知道苏州有一个顽石点头的地方，有亭台楼阁之胜，网师渔隐，拙政灌园，均足令人向往。可是想到一条河里同时有人淘米、洗锅、刷马桶，不禁胆寒。杭州是白傅留诗、苏公判牍的地方，荷花十里，桂子三秋，曾经一度被人当作汴州。如今只见红男绿女游人如织，谁有心情看浓妆淡抹的山色空蒙。所以苏杭对我也没有多少号召力。

我曾梦想，如果有朝一日，可以安然退休，总要找一个比较舒适安逸的地点去居住。我不是不知道随遇而安的道理。

树下一卷诗，

一壶酒，一条面包——

荒漠中还有你在我身边歌唱——

啊，荒漠也就是天堂！

这只是说说罢了。荒漠不可能长久地变成天堂。我不存幻想，只想寻找一个比较能长久的居之安的所在。我是北平人，从不以北平为理想的地方。北平从繁华而破落，从高雅而庸俗、而恶劣，几经沧桑，早已无复旧观。我虽然足迹不广，但北自辽东，南至百粤，也走过了十几省，窃以为真正令人流连不忍去的地方应推青岛。

青岛位于东海之滨，在胶州湾之入口处，背山面海，形势天成。光绪二十三年（一八九七年），德国强租胶州湾，辟青岛为市场，大事建设。直到如今，青岛的外貌仍有德国人的痕迹。例如房屋建筑，屋顶一律使用红瓦片，山坡起伏，绿树葱茏之间，红绿掩映，饶有情趣。民国三年，青岛又被日本夺占，民国十一年才得收回。随后虽然被几个军阀盘踞，但表面上没有遭到什么破坏。当初建设的根底牢固，就是要糟蹋，一时也糟蹋不了。青岛的整齐清洁的市容一直维持了下来。我想在全国各都市里，青岛是最干净的一个。“无风三尺土，有雨一街泥”的北平不能比。

青岛的天气属于大陆气候，但是有海湾的潮流调剂，四季的变化相当温和。称得上是“春有百花秋有月，夏有凉风冬有雪”的好地方。冬天也有过雪，但是很少见，屋里面无须生火，不会结冰。夏天的凉风习习，秋季的天高气爽，都是令人欢喜的，而春季的百花齐放，更是美不胜收。樱花我并不喜欢，虽然第一公园里整条街的两边都是樱花树，繁花如簇，一片花海，游人摩肩接踵，蜜蜂嗡嗡之声震耳，可是花没有香气，没有姿态。樱花是日本的国花，日本和我们有血海深仇，花树无辜，但是我不能不连带着对它有几分憎恶！我喜欢的是公园里培养的那一大片娇艳欲滴的西府海棠。杜甫诗里没有提起过它，但历代诗人词人歌咏赞叹它的却不在少数。上清宫的牡丹高与檐齐，别处没有见过，山野有此丽质，没有人嫌它有富贵气。

推开北窗，有一层层的青山在望。不远的一个小丘上有一座楼阁矗立，像堡垒似的，有俯瞰全市傲视群山之势，人称总督府，是从前德国总督的官邸，平民是不敢近的，青岛收回之后作为冠盖往来的饮宴之地，平民还是不能进去的（听说后来有时候也偶尔开放）。里面是什么样子我不知道，也不想知道。还有人说里面闹鬼。反正这座建筑物，尽管相当雄伟，却不给人以愉快的印象，因为它带给我们耻辱的回忆。

其实青岛本身没有高山峻岭，邻近的劳山，亦作崂山，又称牢山，却是峣峥巉岭，为海滨一大名胜，读《聊斋志异》中有崂山道士，早已心向往之，以为至少那是一些奇人异士栖息之所。由青岛驱车至九水，就是山麓，清流汩汩，到此尘虑全消。舍车扶策步行上山，仰视峰嶝，但见参嵯翳日，大块的青石陡峭如削，绝似山水画中之大斧劈的皴法，而且牛山濯濯，没有什么迎客松、五老松之类的点缀，所以显得十分荒野。有人说这样的名山却没有古迹岂不可惜，我说请看随便哪一块巍巍的巨岩不是大自然千百万年锤炼而成，怎能说没有古迹？几小时的登陟，到了黑龙潭观瀑亭，已经疲不能兴。其他胜境如清风岭碧落岩，则只好留俟异日。游山逛水，非徒乘兴，也须有济胜之具才成。

青岛之美不在山而在水。汇泉的海滩宽广而水浅，坡度缓，作为浴场是东亚第一。每当夏季，游客蜂拥而至，一个个一双双的玉体横陈，在阳光下干晒，晒得两面焦，扑通一声下水，冲凉了再晒。其中有佳丽，也有老丑。玩得最尽兴的莫过于夫妻俩携带着小儿女阖第光临。小孩子携带着小铲子、小耙子、小水桶，在沙滩上玩沙土，好像没个够。在这万头攒动的沙滩上玩腻了，缓步踱到水族馆，水族固有可观，更妙的是下面岩石缝里有潮水冲积的小水坑，其中小动物很多。如寄生蟹，英文叫hermit crab，顶着螺蛳壳乱跑，煞是好玩。又如小型水母，像一把伞似的一张一阖，全身透明。孩子们利用他们的小工具可以罗掘一小桶，带回家去倒在玻璃缸里玩，比大人玩热带鱼还兴致高。如果还有余勇可贾，不妨到栈桥上走一遭。桥尽头处有一个八角亭，额曰“回澜阁”。在那里观壮阔之波澜，当大王之雄风，也是一大快事。

汇泉在冬天是被遗弃的，却也别有风致。在一个隆冬里，我有一回偕友在汇泉闲步，在沙滩上走着走着累了，便倒在沙上晒太阳，和风吹着我们的脸。整个沙滩属于我们，没有旁人，最后来了一个老人向我们兜售他举着的冰糖葫芦。我们在近处一家餐厅用膳，还喝了两杯古拉索（柑香酒）。尽一日欢，永不能忘。

汇泉冬夜涨潮时，潮水冲上沙滩又急遽地消退，轰隆呜咽，往复不已。我有一个朋友赁居汇泉尽头，出户不数步就是沙滩，夜闻涛声不能入眠，匆匆移去。我想他也许没有想到，那就是观音说教的海潮音，乃觌面失之。

说来惭愧，“饮食之人”无论到了什么地方总是不能忘情口腹之欲。青岛好吃的东西很多。牛肉很好，行销国内外。德国人弗劳塞尔在中山路开一餐馆，所制牛排我认为是国内第一。厚厚大大的一块牛排，煎得外焦里嫩，切开之后里面微有血丝。牛排上面覆以一枚嫩嫩的荷包蛋，外加几根炸番薯。这样的一份牛排，要两元钱，佐以生啤酒一大杯，依稀可以领略樊哙饮酒切肉之豪兴。内行人说，食牛肉要在星期三四，因为周末屠宰，牛肉筋脉尚生硬，冷藏数日则软硬恰到好处。弗劳塞尔店主善饮，我在一餐之间看他在酒桶之前走来走去，每经酒桶即取饮一杯，不下七八杯之数，无怪他大腹便便，如酒桶然。这是五十年前的旧话，如今这个餐馆原址闻已变成邮局，弗劳塞尔如果尚在人间，当在百龄以上。

青岛的海鲜也很齐备。像蚶、蛤、牡蛎、虾、蟹以及各种鱼类应有尽有。西施舌不但味鲜，名字也起得妙，不过一定要不惜工本，除去不大雅观的部分，专取其洁白细嫩的一块小肉，加以烹制，才无负于其美名，否则就近于唐突西施了。以清汤氽煮为上，不宜油煎爆炒。顺兴楼最善烹制此味，远在闽浙一带的餐馆之上。我曾在大雅沟菜市场以六元买得鲥鱼一尾，长二尺半有奇，小口细鳞，似才出水不久，归而斩成几段，阖家饱食数餐，其味之腴美，从未曾有。菜蔬方面隽品亦多。蒲菜是自古以来的美味，诗经所说“其蔌维何，维笋及蒲”，蒲的嫩芽极细致清脆。青岛的蒲菜好像特别粗壮，以做羹汤最为爽口。再就是附近潍县的大葱，粗壮如甘蔗，细嫩多汁。一日，有客从远道来，止于寒舍，唯索烙饼大葱，他非所欲。乃如命以大葱进，切成段段，如甘蔗状，堆满大大一盘。客食之尽，谓乃生平未有之满足。青岛一带的白菜远销上海，短粗肥壮而质地细嫩。一般人称之为山东白菜。古人所称道的“春韭秋菘”，菘就是这大白菜。白菜各地皆有，种类不一，以山东白菜为最佳。

青岛不产水果，但是山东半岛许多名产以青岛为集散地。例如莱阳梨。此梨产在莱阳的五龙河畔，因沙地肥沃，故品质特佳。外表不好看，皮又粗糙，但其细嫩酥脆甜而多浆，绝无渣滓，美得令人难以相信。大的每个重十台两以上。再如肥城桃，皮破则汁流，真正是所谓水蜜桃，海内无其匹，吃一个抵得半饱。今之人多喜怀乡，动辄曰吾乡之梨如何，吾乡之桃如何，其夸张心理可以理解。但如食之以莱阳梨、肥城桃，两相比较，恐将哑然失笑。其他如烟台之香蕉、苹果、玫瑰葡萄，也是青岛市面上常见的上品。

一般山东人的特性是外表倔强豪迈，内心敦厚温和。宦场中人，大部分肉食者鄙，各地皆然，固无足论。观风问俗，宜对庶民着眼。青岛民风淳厚，每于细民中见之。我初到青岛，看到人力车夫从不计较车资，乘客下车一律付与一角，路程远则付两角，无争论者。这是全国所没有的现象。有人说这是德国人留下的无形的制度，无论如何，这种作风能维持很久便是难能可贵。青岛市面上绝少讨价还价的恶习。虽然小事一端，代表意义很大。无怪乎有人感叹，齐鲁本是圣人之邦，青岛焉能不绍其余绪？

我家里请了一位厨师老张，他是一位异人。他的手艺不错，蒸馒头、烧牛尾都很擅长。每晚膳事完毕，沐浴更衣外出，夜深始返。我看他面色苍白消瘦，疑其吸毒涉赌。我每日给他菜钱二元，有时候他只飨我以白菜豆腐之类，勉强可以果腹而已。我问他何以至此，他惨笑不答。过几天忽然大鱼大肉罗列满桌，俨若筵席，我又问其所以，他仍微笑不语。我懂了，一定是昨晚赌场大赢。几番盯问之后，他最后迸出这样的一句："这就是一点良心！"

我赁屋于鱼山路七号，房主王君乃铁路局职员，以其薄薪多年积蓄成此小筑。我于租满前三个月退租离去，仍依约付足全年租赁，王君坚不肯收，争执不已，声达户外。有人叹曰："此君子国也。"

我在青岛居住四年，往事如烟。如今隔了半个世纪，人事全非，山川有异。悬想可以久居之地，乃成为缥缈之乡！噫！

华清池

读过白居易《长恨歌》的人，都知道我们有个华清池。“春寒赐浴华清池，温泉水滑洗凝脂……”纵不引发某些人想象中窥浴的念头，那旖旎的风光也足够很多人向往的。其实这个地方是以温泉闻名，在陕西临潼城南骊山东北麓。“骊山晚照”号称“关中八景”之一。杨贵妃在她专用的“芙蓉汤”洗过澡，与我们没有多大关系。作为古迹看，倒是值得注意的。

秦始皇自阿房宫修筑四十多公里的“阁道”通往这个离宫，离宫就是行宫，名为骊山汤，汤就是温泉。一代暴君当然不能不有豪华享受。汉武帝也不多让，大事扩建，王维所谓“汉王离宫接露台，秦川一半夕阳开”，说的就是这个地方。唐太宗派画家阎立德设计改建为温泉宫，唐玄宗更扩建为华清宫，为了杨贵妃一浴而特别地名闻于后世。其实这个地方并无名山大川，谈不上什么美景，只是有一个很好的温泉，历代帝王不惜劳民伤财大事修建作为私人休沐的别墅罢了。其规划建筑较之有清一代的避暑山庄和颐和园，恐怕差得远。

民国二十九年元月，道出西安，顺便到临潼看华清池，哪里还有什么宫殿楼阁，满目是西北特有的黄尘滚滚，虽已经过近人的修葺，也只是几幢不中不西的小小楼房，几座平平常常的亭台木桥而已。我一看非常失望。几株大柳树，枯枝飘拂在寒风里，景况十分凄凉。至于那温泉，却还是滚烫的，清澈的。想想多少风流人物尽成尘土，一股温泉仍然汩汩不绝地长流，不胜感慨。什么莲花池芙蓉池，谁会感兴趣？有一个公开的、民众可以享用的大浴池，竟是一个黑暗龌龊的大水坑，热气蒸腾，不值一顾。我对华清池的印象随着时光的流转也渐渐淡忘了。

不料今年三月底，报端出现“伊美黛的华清池”新闻一条，据云：“菲律宾总统府马拉坎南宫，上个月公诸大众，争先恐后拥入宫里的菲国民众，惊异地发现他们的第一夫人，竟然拥有一座镶着黄金水龙头的特大浴池。曾经有人好奇地跳进澡盆戏水，感受贵妃般生活的乐趣。”又说：“池边各项设备均为进口货。”附有彩色插图为证。暴发户的气味很浓，令人看了作三日呕。参观人中居然有人胃口那样好，肯跳进去戏水！华清池是我们几朝君王骄奢淫逸留下来的不朽的纪念物，一个举步维艰民生凋敝的国度也会有一个类似华清池的所在！

天下事往往无独有偶。一九八五年七月十七日巴黎《人民日报》海外版有“林彪行宫开放”一段新闻：“到杭州游览，乘车沿西湖往花港公园后边的山林深处驶去，可以到达一座掩映在万绿丛中的‘宫殿’。这是林彪在杭州的行宫，即著名的‘七〇四工程’。整个工程占地三百〇七亩，建筑面积二万八千平方米，耗资三千万元，用钢材三千吨，木材八千立方米，水泥一万八千吨。一号主楼外观为中西结合式样。建筑分地上地下两部分。地上部分有一个小剧场、一个舞厅和数十个房间……地下部分，建筑面积为四千平方米，共有房间大小四十多间……这座行宫还没有竣工……‘四人帮’倒台后，这里成为浙江高级宾馆，完全对外开放。游人可买票进去参观，还可以到温水游泳池游泳……”不知这个游泳池比华清池如何？林彪何人，也有“行宫”？宫里也有温水游泳池？这段新闻注明是“摘自《成都晚报》”，想来不是捏造。水光潋滟山色空蒙之中平添这么一座行宫，是使湖光生色还是使山水蒙羞？

因华清池而说到今天类似华清池的构筑，又不禁想到范仲淹《岳阳楼记》所说：“先天下之忧而忧，后天下之乐而乐。”古仁人并不多觏，求之今世，难矣哉！

美国去来

一个走马看花的人没有资格写游记或是发表什么观感，何况我这一次到美国，来去匆匆，有甚于走马看花者。小学生到郊外踏青，归来之后奉老师之命一定要写一篇《远足记》。我未出国之前，编者先生就约定要我回来之后写一点东西，所以不得不妄谈所见，敷衍成篇，以免于交白卷。

三十几年前我到美国去过一次，去做学生，用的是美国退还的庚子赔款，当时虽然年纪小，心里还是老大地不是滋味。这一回旧地重游，心情当然不同，我是“中华民国”的国民，可是有时候感觉到在“中华民国”四字之下还有打个括号加个“台湾”的字样之必要，这就使人很不舒服。在美国，我们经常被人称为来自台湾的人，事实上我们是来自台湾，人家给我们的称呼没有错，也不一定是含有恶意，我们也无须随时随地地像赴世运大会的代表团那样抗议“正名”，可是心里颇不好受。在自己家里，可以关起门来做皇帝，出去走走，便可以使自己的头脑清醒一下，认识一下自己的真正面目。在地图的比例上，把台湾画得再大一些，也没有什么用处。夜郎王问汉使：“汉与我孰大？”传为笑柄。所不同者是我们本非夜郎，而有时竟比夜郎王更为可哂！让海外的冷风一吹，其不矍然以惊者几稀！

美国人的种族歧视是他们的最大的污点。从前我曾亲身领教过，至今不敢忘。这一次我发觉情形比从前进步很多。虽然小岩事件至今未决，虽然我们的总领事在漂亮的住宅区购买房屋而遭邻人反对，但一般的情形较比从前好些。至今是有知识的白人之能记起他们的立国理想者，为数渐多。由肤色而引起的差别和歧视，短期间是无法泯灭的，可喜的现象是有知识有教养的白人大概都肯谈这个问题，敢面对现实，愿意谋求补救之道。这就有希望。

美国的繁荣，尽人皆知，三十年来的进步，亦历历可数。最显而易见的是楼加高了，从前的摩天大厦比新茁生的建筑矮了半截。圆形的，八角形的，锥状的，喇叭状的，平顶的，波浪形屋檐的，玻璃墙壁的，形形色色的摩登建筑出人不意地显露在各种场合。马路加宽了，四线式的公路到处皆是，两层花瓣形的平交道使得车辆免于横冲直撞而各行其是，汽车多到无处停放的程度，到城区购物先要老远地就解决停车的问题，找到停车的地方要付费，逾时要罚钱。车的形状颜色争奇斗妍，有尾鳍翘得高高的，有做硬甲壳虫状的，有的大得像一节火车，有的小得只有三个轮子，翠绿的、酱紫的、枣红的、淡青的……一串串地在眼前穿梭似的驶过。热闹尽管热闹，但是有秩序。美国人的“开车的礼貌”是很值得欣赏的，红绿灯的管制固不必说，没有红绿灯的地方只稍竖起一面“停”的牌子，汽车便乖乖地停住，看清楚前后左右确是没有妨碍方才前进。车躲避行人，不是行人躲避车。美国的“市虎”好像是非常驯服的，不大吃人。此外如吃的、穿的、用的，到处都显示出富足、新颖、豪华，到处都有可供欣赏的橱窗。那“超级市场”是可爱的，里面干净、凉快、任凭取购，方便无比（扒窃之事偶然也有，但是不多）。

繁荣不是从天上掉下来的，也不是一两人领导起来的，是在一个环境里，一个传统中，一种风气下，大家辛苦努力获得的。要保持并发扬这种繁荣，需要继续辛苦努力。美国得天独厚，可是他们的辛苦努力，男男女女，上上下下，认真做事，也是很感动人的。美国的繁荣是普遍的，每一种享受差不多是被所有的人所有的家庭所分享，并没有一个显明的特权阶级骑在人民的脖子上养尊处优。一个人努一分力，便赚一分钱，便有一分享受。因此每个人都在忙，忙着赚钱，忙着享受。一个人的成功与否，以赚钱多寡为衡量的标准，有一栋漂亮的房子、一辆漂亮的汽车、一件漂亮的皮大衣，便是成功的标志。忙是美国人的特征，因为时间即是金钱，甚至可以说时间即是生命。美国人也知道他们的生活太紧张，所以“度周末”是他们生活中不可少的一个节目，不过从我们“闲磕牙”“摸八圈”“一局消永昼”的民族来看，他们的度周末也还是够紧张的。我在海滨闲步，看见一辆汽车载着一家人去野餐，小孩满地打滚、掷棒球，女人忙着做饭，男人手持一柄钢叉背着氧气筒扑通一声下海去捕鱼！夙兴夜寐，计较得失，如果与大自然完全绝缘，那种生活是太可怜了，美国人之喜爱旅行野餐，恰好多少补救了一星期孜孜为利的琐屑的生涯。

我们中国人对于勤俭起家的故事常常津津乐道。事实上美国人之在事业上成功而由于勤俭者亦颇不乏其例。但是就一般美国人讲，勤是公认的一项美德，俭则颇有问题。自奉而俭，在美国人看起来，好像是显得寒碜。“追求幸福”是美国独立宣言所标榜的一项生活目标。物质方面的享受是幸福的很大的一部分。享受要尽量地使之提前实现，苦痛要尽量地使之延缓，这是美国作风。所以，商业上的“分期付款制”乃应运而生。这种制度，不可小看它，实乃是美国生活方式的一大基石。分期付款即是欠账，美国人并不以欠账为可耻，只要他如期还账。在美国，几乎没有一样较为值钱的东西不可以分期付款。买飞机票出国旅行，亦可分二十个月付款，其他无论矣。收入较少的人，不必先行省吃俭用地苦苦积蓄，即可提前享受种种便利。当然，这种制度之普遍通行亦有其客观条件在，诸如社会安宁，币值稳定，相当高的国民道德水准等。

敏感的人看了美国的繁荣便不禁忆起古代的罗马。罗马鼎盛的时候，上层阶级真是席丰履厚，在历史上称之为骄奢淫逸，但是平心而论，尼罗皇帝才能举着啃嚼的鸡腿在美国是比较便宜的平民食物，罗马剧场中之风靡一时的赛车比起美国之足球、棒球比赛又当如何？罗马的公共浴池是出了名的，比起美国式的家庭浴室设备又如何？在奢侈上美国老早超过了罗马。罗马的繁荣经不起北方人的一击，如摧枯拉朽一般地衰亡了。美国的文明能持久吗？其将来将若何？有心人居安思危，不能不发出这样的疑问。据我看，美国和罗马颇有不同。罗马有显明的阶级存在，上层是贵族，下层是平民、奴隶，而美国是民主的，并无明显的阶级，更无贫富悬殊的现象。美国的生活方式是普遍的，是标准化的，一个家庭和另一个家庭差不多，一个城市和另一个城市也差不多。美国文明是平均发展的，所以比较健全。共产主义之所以不易在美国滋长者亦以此。据我看，美国之大患在于孤立主义，在地理上有两样使她天然地成为孤立，美国生活方式之美满成功使她在心理上沾沾自喜，唯恐或失，于是养成一种持盈保泰的孤立主义。虽然美国有许多人摒弃孤立主义，事实上孤立主义的幽灵始终在他们心里作祟。泛美主义、美洲门罗主义，都是孤立主义者把围墙往外伸展一步的表现，现在广建海外军事基地围堵共产世界依然是扩大的孤立主义的措施。在经济开发落后的地区给以援助使之发展起来，乃是缓不济急的，于是仍不得不乞灵于建筑围墙的老办法。殊不知围墙是要被人冲破的，防不胜防。伊拉克是一个漏洞，叙利亚是一个漏洞，古巴是一个更大的漏洞。美国之大患不在国内，而在国外。国外的大敌不消灭，美国没有安全可言。美国有强大的军力，庞大的经济力量，健全的社会组织，比罗马强得多，但是她是在等着挨打，等着被人破坏，等着被牵入战争旋涡后以核子武器而同归于尽！有钱的怕死，穿鞋的怕光脚的！奈何！奈何！

在美国草草巡游一番，感慨万千，一面惊叹其各方面之长足进展，一面又不禁为其前途深抱隐忧。但是最萦心的还是我们自己的祖国的前途。美国的休戚，与我们息息相关，可是我们自己的国家才是我们自己安身立命之处。于是摒挡行装，赶快回来。忆起昔人一首小诗：“花开蝶满枝，花谢蝶还稀。惟有旧巢燕，主人贫亦归。”

唐人自何处来

我二十二岁清华学校毕业，是年夏，全班数十同学搭杰克逊总统号由沪出发，于九月一日抵达美国西雅图。登陆后，暂息于青年会宿舍，一大部分人立即乘火车东行，只有极少数的同学留下另行候车。预备到科罗拉多泉的有王国华、赵敏恒、陈肇彰、盛斯民和我几个人。赵敏恒和我被派在一间寝室里休息。寝室里有一张大床，但是光溜溜的没有被褥，我们二人就在床上闷坐，离乡背井，心里很是酸楚。时已夜晚，寒气袭人。突然间孙清波冲入室内，大声地说："我方才到街上走了一趟，发现满街上全是黄发碧眼的人，没有一个黄脸的中国人了！"

赵敏恒听了之后，哀从中来，哇的一声大哭，趴在床上抽噎。孙清波回头就走。我看了赵敏恒哭的样子，也觉得有一股凄凉之感。二十几岁的人，不算是小孩子，但是初到异乡异地，那份感受是够刺激的。午夜过后，有人喊我们出发去搭火车，在车站看见黑人车侍提着煤油灯摇摇晃晃地喊着："全都上车啊！全都上车啊！"

车过夏延，那是怀俄明州的都会，四通八达，算是一大站。从此换车南下便直达丹佛和科罗拉多泉了。我们在国内受到过警告，在美国火车上不可到餐车上用膳，因为价钱很贵，动辄数元，最好是沿站购买零食或下车小吃。在夏延要停留很久，我们就相偕下车，遥见小馆便去推门而入。我们选了一个桌子坐下，侍者送过菜单，我们拣价廉的菜色各自点了一份。在等饭的时候，偷眼看过去，见柜台后面坐着一位老者，黄脸黑发，像是中国人，又像是日本人。他不理我们，我们也不理他。

我们刚吃过了饭，那位老者踱过来了。他从耳朵上取下半截长的一支铅笔，在一张报纸的边上写道："唐人自何处来？"

果然，他是中国人，而且他也看出我们是中国人。他一定是广东台山来的老华侨。显然他不会说国语，大概是也不肯说英语，所以开始和我们笔谈。

我接过了铅笔，写道："自中国来。"

他的眼睛瞪大了，而且脸上泛起一丝笑容。他继续写道："来此何为？"

我写道："读书。"

这下子，他眼睛瞪得更大了，他收敛起笑容，严肃地向我们跷起了他的大拇指，然后他又踱回到柜台后面他的座位上。

我们到柜台边去付账。他摇摇头、摆摆手，好像是不肯收费，他说了一句话好像是："统统是唐人呀！"

我们称谢之后刚要出门，他又喂喂地把我们喊住，从柜台下面拿出一把雪茄烟，送我们每人一支。

我回到车上，点燃了那支雪茄。在吞烟吐雾之中，我心里纳闷，这位老者为什么不收餐费？为什么奉送雪茄？大概他在夏延开个小餐馆，很久没看到中国人，很久没看到一群中国青年，更很久没看到来读书的中国青年人了。我们的出现点燃了他的同胞之爱。事隔数十年，我仍旧不能忘记和我们做简短笔谈的那位唐人。

火山！火山！

美国的火山不多，不过离西海岸不远有一条山脉，由加拿大哥伦比亚境内向南延伸，直到加州境，蜿蜒约七百里，是为加斯凯山脉，其中有一个山峰名圣海伦斯，位于华盛顿州南部，邻近奥瑞冈州，却是一座时醒时睡的火山。圣海伦斯并不太高，只有九千六百七十七尺，比起和它并峙的更为有名的瑞尼尔山之一万四千四百一十尺，要矮很大一截。圣海伦斯外表很好看，有火山之标准的圆锥体形，而且光光溜溜的。山上有长年不化的积雪，山坡上有茂密的森林，山脚下有滢澈的湖沼河流，其间也有拦水的堤坝若干座。这火山是活火山，但是最近一百二十三年之中一直在睡，有时候伸伸胳膊伸伸腿，呻吟几声，不曾大翻身，不曾大吼叫，不曾滋生事端。因为它乖，所以附近居民对它无所恐惧，彼此相安无事。春夏之交，天气晴朗，喜欢滑雪的，喜欢爬山的，喜欢露营的，从四面八方赶来享受大自然的乐趣。

但是从今年[1]三月二十日起情形有点不对了。下午三时四十八分发生地震，四点一级，此后三天地震继续增强到四点四级，有山崩的现象。科学家认为有爆发的可能，不过不敢确定，因为火山和人一样，每座火山也有它的个性，没人敢说圣海伦斯内心在打什么主意。为了安全，森林管理局撤退了山区工作人员。三月二十六日，联邦政府、州政府及地方官集会商讨应变之策，决定封闭通往鬼湖的五〇四号州公路。三月二十七日午间山上发生巨响，有一股浓黑的水汽和灰尘喷出，高达山巅以上七千尺的高空。地震高至四点五级。烟尘散后从飞机上可以窥见山巅上出现了一个新的火山口，直径二百到二百五十尺，深约一百五十尺。火山醒了！

以后数日，天天有地震，天天有烟尘喷射，表示有熔岩在火山腹内澎湃。这是火山大爆发的前奏。观光游客突然增加，谁都想要看看这自然奇景。四月三日州长逖克西李瑞女士派出约六十名国民兵拦阻观光客进入危险地区。这时候火山口已经扩大到直径一千七百尺，深八百五十尺。平均每日地震三十三次，最严重的是山巅的北面凸出了约三百二十尺，这说明地下熔岩激荡，有随时大爆发的可能。如果爆发，首当其冲的当是鬼湖及五〇四公路。到了五月九日，有五级地震，地质观察人员奉命从四千三百尺高处的营地撤退。

有一个八十三岁的老人哈利·杜鲁门，他是当地唯一的长久居

① 指一九八〇年。

留的人，他坚决不肯离开他的“鬼湖小屋”。小屋是他亲手盖起来的，一椽一木都是他自己劈的锯的，而且他居住了五十四年之久。小屋距离山顶约有七里，占地却有四十亩之广。斯卡曼尼亚郡的警长毕尔·克劳斯纳在五月十七日，即事发之前一日警告他必须撤离，他曾对一个记者说：“如果山没有了，我要与之同归于尽。我要留在这里，并且正告它：‘你这个老杂种，我已挣扎了五十四年，还要再挣扎五十四年。’”他养了十六只猫，拥有自己的一个天地。他不是不知道处境的危险，他有一个陈旧的矿穴可以藏身，准备事急的时候携带一瓶威斯忌酒去躲避一下，可是他没有想到那矿穴离他住处有一两里路，烟泥沙石猛然泛滥之际他无法能逃，何况他又跑不快。所以事后直升机前去察视，只见鬼湖小屋一带整个地埋在三十尺深的泥灰之中，哈利·杜鲁门无影无踪地消失了。他有一位六十八岁的朋友荷尔斯幸免于难，他说：“我高兴得要命，我居然活着看到了，可是我很为罹难的人难过。”

大爆发是在五月十八日上午八时三十二分十秒。山顶北坡之凸出处突然崩裂，轰然一声，像原子弹爆发后的蕈状浓烟直射天空，约有六万三千尺高，山巅约有一千二百尺的尖端一下子完全被炸掉了，圣海伦斯顿时矮了一大截，没有熔岩流出，流出的是滚烫的泥浆，顺着山坡往下流，流向鬼湖。碎石自天降落，远及于瑞尼尔山，然后变成大股的灰沙落在雅奇玛，变成微尘洒落在斯波肯，然后由风吹送大片的灰尘飘过蒙大拿州，覆盖了黄石公园，进入了怀俄明州，直趋美国东部，全国境内完全未被波及的仅有十一二州。圣海伦斯的灾害，和公元七十九年意大利威苏威火山爆发不同，因为圣海伦斯没有熔岩溢出，喷的只是沙石，羼上融雪而成为泥浆。而且山上居民很少，故生命损失不太大，截至最近报告，确定失踪的有五十八人，由直升机查获的尸体有二十二具。其中有一具是摄影记者，他尚端坐在汽车驾驶座上，显然是被灼死或窒息而死，灰尘堆到了车子的窗口。如果能把他的照相机取出，其中必有珍贵的底片。

灰尘降落其灾害之大是一般人难以想象的。一个人从灾区附近开车走过，忽见天边黑暗下来，远远的彤云密布，还有电闪，以为是山雨欲来，随后听见车顶上砰砰响，以为是雨打车篷。猛然间挡风玻璃模糊了，能见度几乎等于零，伸手车外才知道不是下雨，是漫天洒落沙石。他算是幸运的，向前疾驶，脱离了险境。其他在危险区内活动的人就活活地被热达摄氏八百度的泥浆、灰尘、气体，给灼死、呛死、窒死、烫死，埋在几尺以至几十尺的泥尘之下了。

热气、热尘把数以千亩计的森林完全铲平，好多大树连根拔起，直而长的杉木一根根躺下，没有一片树叶存留，光秃秃的像是无数根火柴横七竖八地平铺着。有些木头顺着河流冲走，壅塞在桥边或是水湾之内。据估计，木材一项的损失约在五亿美元之数。野生动物也遭一大劫，据林管局的估计，死难者有两千只黑尾鹿，三百只麋鹿，二十只黑熊，十二只山羊。这个时候正是鲑鱼、鲟鱼从海里溯河而上前来产卵的季节，尽管有人说这些鱼十分聪明，发现情形不对便掉头而去寻求较安全的地方，据估计被水烫死的、被灰尘噎死的仍然不在少数，损失当在二百五十万元以上。有些鱼从水中跳到岸上，还是不免于死。物资的损失无法估计，单是清洗路面恢复交通一项就要两亿元。总统卡特前来巡视的时候，州长狄克西李瑞向他说：“华盛顿州现在需要联邦政府帮助的是钱、钱、钱！”事实上，人力也很需要，州长曾下令动员民兵四千余人，在公路上协助铲灰，像铲雪似的。报纸上居然还有人批评，说民兵只能在保卫治安的时候使用，不该叫他们做这种劳动的工作！据估计洗刷各地路面及公共设施要用两亿元以上的经费。

灰尘对农产的影响难于估计。我们知道雅奇玛一带是著名的水果产区。该区苹果产量占全国四分之一以上，灰尘落在苹果树上为害不小，果农要用喷杀虫剂的方法喷水上去冲洗，这工程之巨可以想见。樱桃正在开始收成，自然也成了大问题。有人刊登广告说今年水果经火山尘的培养特别硕大可口，这当然是瞎扯。据农业家说，火山尘大部分为矽，即细碎的玻璃，加上其他矿质，纵无大害，绝无益处。希望有大雨冲洗，若是小雨则火山灰成为稀泥，在树上和在地上均属不利。灰尘的酸性成分为四点七。事实上爆发后连日小雨连绵。

我于五月二十四日抵达西雅图，是日圣海伦斯火山发生第二度爆发，这次刮的是东南风，往西北吹，灰尘擦着西雅图的边缘飘向奥仑比亚半岛，塔科玛飞机场都受到了影响，有人脑筋动得快，收集火山尘，装进儿童玩具的沙漏之中，当作纪念品出售，看那灰黑色的细沙也颇有异趣。我没有机会到现场巡礼，可是那石破天惊的恐怖情形，可以在想象中得之。卡特总统说：“看了这里的样子，月亮像是高尔夫球场。”我从前看过一部影片《庞贝之末日》，遂鼓起兴趣读伯华·李顿的小说原著，对于火山爆发有了一点初步认识，没有想到居然能在报章刊物读到火山爆发的报道。火山研究是一门专门的学问，火山学家和别的专家不同，他不可能有实验室，火山本身就是他的实验室。为了研究，他会觉得火山爆发的次数愈多愈好，虽然他并不是幸灾乐祸。

大块文章，忽然也会变成人间地狱！灾异不祥，未必就是上天示儆，但于“天地不仁，以万物为刍狗”，却庶几近之。

尼亚加拉瀑布

尼亚加拉瀑布是我的旧游之地，那是在一九二四年夏，同游者闻一多早已下世。瀑布风光常在我想象之中。美国人称尼亚加拉瀑布为“度蜜月者的天堂”。度蜜月者最理想的地方应该是一个山明水秀而又远离尘嚣的地方。像尼亚加拉瀑布游人如蚁昼夜喧豗的地方，如何能让一对度蜜月者充分地全神贯注地彼此互相享受呢？这也许是西方人的看法，而度蜜月本是西方的产物。不过瀑布本身确是十分动人的。我们到水牛城，立即驰往尼亚加拉瀑布（市镇名），傍晚在一家汽车旅馆住下。我上次来，一下火车站就听到隔壁澎湃的声音，如今旧地重游，夜阑人静，一点声音也听不到，是瀑布上的槛岩年年崩落减小了水势，还是我的耳朵渐聋以至于充耳不闻？任何名胜，游览一次有一次的情趣，再游便另是一种风光。

翌晨，旅馆特备小型游览汽车专为我们使用一天，导游兼任司机，取费甚廉，仅八元。这位蓄小胡子的导游可是一个人才，不但口若悬河，一路没有停嘴，而且下车之后他倒退着走路，面对着我们指手画脚地不惮其烦地详为解说一切，走到山羊岛上的时候，我生怕他一不当心仰跌到急湍里去。山羊岛上曲折有致，忽然看到树丛里有野兔出没，君达、君迈乐不可支，和野兔追逐起来。据导游说，兔子是买来放在这里的，借以增加野趣，就像城市公园草地上的鸽子、松鼠一样供人观赏。随后我们就驱车过桥，进入加拿大境内，观看美国瀑的正面，同时观看加拿大境内的更壮观的马蹄瀑。观瀑一定要到加拿大才能看得一清二楚。这里有一座比较高的瞭望塔，塔的正面悬一巨像，乃是加拿大著名的骑警队员的画像，在这观光胜地悬挂警察画像用意何在殊难索解。塔的形状颇似西雅图的太空针，而高度不及。我们买票登塔，遥望两个瀑布有如湍濑。看完瀑布区便乘车沿尼亚加拉河东行，参观了一所公园，还有一所规模相当大的园艺学院，都宽阔整洁。而隔河看美国的一边，则只见烟囱林立，黑烟漫空，凌乱的棚舍逸通数十里，丑恶之态使这名胜之地蒙羞。从前英国工业化之后罗斯金（Ruskin）为保存风景曾呼吁开筑铁路要审慎处理，实在不无见地。工业区的建立与风景区的保存是可以并行不悖的。我们匆匆走玩一天，兴尽而返，而导游仍然兴致勃勃，絮聒不休。士耀在车里抬头一看，见一告白："君如认此导游之服务为不能令人满意，则可不必惠给小费。"我们相顾而笑。下车时士耀付小费五元，导游雀跃而去。

回到旅舍，我们觉得瀑布还值得再看一次，决定明天搬到加境的一家旅馆再住一夜。这一天没有导游聒噪，反倒觉得自由了。最有趣的是坐缆车下峡谷，乘"雾中女郎"号汽船驶近马蹄瀑。每个游客都穿上长长厚厚的雨衣，罩上雨帽，等汽艇逼近瀑布的时候，但听得隆隆水响，继而滂濞沆溉，大水自上崩注而下，有电惊雷骇之势。俄而大风起处，雾雨咸集，每个人都兜头灌顶，浑身尽湿。入夜，瀑布下彩色电灯放出强光，照得五颜六色，有人认为绚烂壮丽，其实恶俗不堪。这也许是我们看惯了水墨山水画，一着色反觉不雅。

尼亚加拉瀑布实在不高，马蹄瀑只有一百五十八英尺高，两千九百五十英尺阔，美国瀑一百六十七英尺高，约一千四百英尺阔。阔得可观，高则不足道。但是每分钟有五十万吨水倾注而下，不能不算是一大奇观。飞瀑流泉，世界上何处无之？但以言声势之壮，则无出此右者。

拔卓特花园

国外游历，要看名山大川，但有时看看庭园花木也别有情趣，会心不必在远。加拿大的拔卓特花园（The Butchart Gardens）便不失为一个引人入胜的地方。

这花园是在加拿大的维多利亚城郊外，城在加拿大西岸的温哥华岛的南端，和美国的西雅图隔一海峡，一衣带水，来往甚便。我一家六口，祖孙三代，乘旅行车清晨由西雅图出发，连车带人搭轮渡过普杰海湾，直趋安哲利斯海港。途中在一小肆买煮熟的海蟹两只，非常硕大。在安哲利斯海港候轮渡时，就在路边取出自备冷餐进午饭。两只海蟹，六人分食，大膏馋吻，但是美国的蟹都是尖脐的，团脐的禁止捞食，无所谓七尖八团之说，而且细品其味，和我们故乡吃高粱稻米长大的河蟹大相径庭，“右手持酒杯，左手持蟹螯，拍浮酒船中”的风味当然更谈不到。我们食毕，轮渡正好开来，又连人带车地上去。海行约一小时，风飘飘而吹衣，为之目旷神怡。到维多利亚，入境手续很简单，有美国侨民身份的只消一句话，什么手续也没有，我是观光客，被请到屋里验护照，问我打算住多久，砰一声橡皮图章敲上去，再饶一句：“希望你玩得高兴！”前后不到两分钟。

维多利亚城只有一百多年的历史，是观光胜地，水上陆上游艺场所很多，给人印象最深的是拔卓特花园。这花园在白昼和夜晚景色不同，我们为节省时间起见，尽量在其他各处游玩，等到日薄崦嵫的时候才赶到花园去，以便和夜游相衔接。花园门口售票，收取少许费用。有八种语言的说明书备客取阅，中文、英文、法文、德文、意大利文、日文、西班牙文、乌克兰与俄文，这表示世界各地的游客之众多。中文的小册显然是我们当地侨胞的手笔，虽然文字相当生硬，间有不妥的字句，但是我们特感亲切，因为这充分表明我们的侨胞虽然所受教育有限，而在国外艰苦卓绝地努力奋斗，一面在事业上有所建树，一面还能在那环境里保存我们自己的语言文字。对这一篇不大出色的中文说明书的执笔者，我们应有相当的敬意。原文照录如下：

域多利

拔卓特花园

小册子

拔卓特花园位在度湾，距城埠十三里，是拔卓特先生在他一百三十英亩的产业上，开辟这占有面积二十五英亩的土地，为西北太平洋的游乐场所。

该花园系拔卓特在他的旧石矿场原址创设的。他为在加之美国泼伦红毛泥业的始创人，自行在附近地方设立红毛泥厂，自任总经理。后来，拔卓特夫人兴之所至，将该荒地悉心经营，在住屋周围种植花卉，以点缀居住美丽的环境，日将月就，遂蔚然而成世界著名的风景区，每年吸引游客到此参观者不少。

日间的游览 由此开始

我们向上行，经过绿草和水池，一方古木参天，一方夏天盛开的红玫瑰，环绕石柱盘旋向上，郁金香、紫罗兰春光灿烂，古式小屋一幢，隐在背后，其中花草的培植、布置方法，可称西北太平洋著名的地方。

转左行，许多春夏花草，馥郁缤纷，尤以秋海棠出类拔萃，更加优美；转右行，则是新境花园，石级栏杆，均以红毛泥制成。园中亦有许多东西，是用红毛泥制的，看来像用木头制成的。该花园有一高墙，长约五十尺，青藤蔓生，像一幅天鹅绒帐幕，下面芳径纵横，并有各种著名化石，筑成小壁，花卉混合，繁植其中。万紫千红翠绿，十分好看。冬天的雪盖满石上，显出了苍劲老气，夏天被大量的红玫瑰拥簇，又是一番新生景致。

远望前头，昔日开采石灰石用以制红毛泥的残迹，尚属存在。该部分广植蔷薇、日本樱花。通过小径，柳暗花明又一村，在石边有大石岛，坐落在人工艺术湖沼的中央，环湖路铺以石灰石，湖深五十尺，湖边遍植樱花、葡萄和日本枫树，左边有小瀑布由石矿场流下，水花飞舞，直注于湖中，昼夜不停，又有小树林，为拔卓特夫人四十年前所手植者。

湖边绿草如茵，花卉畅茂，垂杨婀娜，又是一片景色。

一九六四年，拔卓特花园举行六十周年纪念，建设一喷水池，今已完成。七彩水花可射上高空达七十尺，蔚为奇观。有高桥流水，春夏种植各种名花异卉，点缀得更臻优美。

现有两条路线选择：一是前往音乐会堂；另一条是从鲁登树林到此公园，通过短径，到达玫瑰花园，四周环以草茵和绿树，缓步其中，殊觉有异趣。

伫立闸门，蛙式喷水池即在眼前，系意大利艺术雕砌，再越过草场，登上另一草场，则有一幢住居大厦，玫瑰园每当七月间，玫瑰花盛开，不独在玫瑰花园，即拔卓特整个花园，各处都一样遍植玫瑰，可比国色天香，最为特色。

通过玫瑰花径，出现有英国薄荷，奇香扑鼻。我们跨过较高一级草茵，又到日本花园入门处，即转向左，就是著名的西藏蓝罂粟。拔卓特夫人是北美少有获得这么多花草之一人。后来有位巴来船长曾亲自到此介绍这些植物移种于英伦。日本枫树、松杉之属，环着小瀑布。又下一级，有流水小桥、小池，环植杨柳，随风飞舞，令人陶醉，有各种日本花草绿竹，涌现在目前，中置避暑小屋，这强调显露出是日本花园。穿过树林，可通往遍植过坛龙和百合花的小谷，行出这树林，就是布连屈湾，在这里可望见一片汪洋，闪闪耀眼，气象万千了。

又由日本花园步落低草场，亦是玫瑰盛开，转下一步，则是星池，有喷水居中，由此又转入意大利花园，古木参天，都是柏树，有马古里像，系佛劳连廷标准的精巧艺术。在东边，则为住宅区，其中有一部分是掷木球场，适合老少玩乐，在西边则为玫瑰堤，衬以绿草及青藤。

意大利公园中央有一百合花水池，池中有喷水塔，小鱼游来游去，环以百合花造成的花边，春天遍植郁金香等，夏天又种云苔。

通过隧道又到一大玻璃屋，内中种着各种花草，至夏天时，万千花开，最为伟观。附近有咖啡馆和苗圃。当我们离花园而将到出口时，即看见这苗圃，面积四亩半，各种花草种子及幼苗，均在这里培植的。

这拔卓特花园周年开放，供人游览，同时保存创办人个人的事业，以留后世。该花园对于花草的培植和颜色的布置，确有其独到的地方。园中一切花草树木，亦常常种植新颖者，正所谓日新月异。花园面积如此广阔，而一年四季，都保持着美妙的容颜，因为是私家的花园，是拔卓特家所有，如今拔卓特夫妇已去世，交由他们的孙儿罗斯先生代为继续经营。

夜间灯光景色：一九五三年起，特别装置彩色灯光，点缀花园景色，更为别致美观，有如天上星光闪烁，成为北美夜景之中最伟大壮观的一处，每当夏日黄昏，千百灯光，隐约于千红万绿中，令人迷目。

如果欲在夜间游览该花园，请最好能依照小册子所指示之路线前进，就能随意享受这园中一切景物了。不要急迫，等候灯光开着才可前行。

夜间游览　由此开始

夜间游览，是由入门处沿着左边路径前行，经过苗圃植物室，一路红绿灯光直至著名的新景花园。四周一望，万虑皆空。继续前行，沿途有各种不同的灯火。至一湖沼，有喷水池；复造成一弧形水彩虹，像海市蜃楼。离此沿着红毛泥路至玫瑰花园，越过日本花园，在此流连后又转而至意大利花园，由此复出，也即是先前的入口处了。

我们相信，无论晴天、雨时、雪日，你们都是欢喜游览的，希望仕女诸君，尽情享乐，如果未能早日有机会游览这有五十年以上历史的著名花园，请随时争取机会驾临观光。

这说明书有再加说明的必要。这花园原是一位水泥（所谓“红毛泥”）业者的私产，石灰石挖光了，水泥厂只好停工，而山腰上已挖得乱七八糟，东一道沟西一个窟窿，面目全非。老板娘必是一位有风趣的人，她要美化环境，硬要把报废的水泥厂和石坑变成为一所美丽的花园。这一点心愿就值得赞扬。不要说他们多财善贾还要在脑满肠肥之后附庸风雅，他们挖空一座山腰之后未曾不可扬长而去，另挖别处的一座山腰。工业糟蹋了自然风景，再分出一部分利润来在原处建造花园供后人游览，将功折罪，我们不可再苛求了。

所谓“新境花园”，是Sunken Garden翻译，宜译意不宜译音，是“下陷花园”之意。这是整个花园之最精彩的所在。行入林中，曲径通幽，忽豁然开朗，面临深谷，可拾级而下，遥望谷中芳草鲜美，百卉杂陈，令人惊奇不已。这不是天然形势，这是大石坑的改造。我们听说过古代世界七大奇观之一的“悬空花园”，在巴比伦，公元前六世纪时所造，不过是几层类似梯田的高大建筑物而已。下陷花园正和悬空花园相反，一个向上发展，一个向下发展。居高临下，俯瞰园景，不能不算是一大奇观。可惜的是远远地迎面矗立着一根大烟囱，是水泥厂的唯一遗留物，主人舍不得拆除它，却破坏了整个的气氛，像是孙悟空变作一座小庙，后面翘着一根充作旗杆的尾巴！

西洋花园少不了大片的草地，东一块西一块的像是绿茸茸的毯子，这是最大特色之一。草地是经过栽植、施肥、修剪、灌溉的，和我们的“草色入帘青”的乱草不同。草地永远是齐齐整整的，像新理过发的平头。另一特色是把每一种花卉大量集中在一处，东边一片姹紫，西边一片嫣红，团团簇簇，以多为胜，不容你一株一株地欣赏，一枝一枝地把玩。至于把一些灌木之类的东西修剪得像是一堵墙，或圆球，或方锥，或像是一只鸟，形形色色，不一而足，是西洋园林中习见之物。水池喷泉尤不可或缺，其式样更是变化多端。总之是人工的气味浓厚。照基督教的说法，上帝创造人类之前，先创造了一所花园伊甸，想那花园必定不是这个模样。

我们来此观赏的时候，正是球茎秋海棠（begonia）盛开的季节。这种海棠不是鲁迅所艳羡的“吐两口血扶着丫鬟到阶前看秋海棠”的那个品种的秋海棠，这个品种在国内好像还没有见过，有相当大的球茎，花有各种颜色，大如牡丹、芍药，叶如翠羽，栽在盆里，也可以连盆吊挂起来，花朵簇簇下垂，远远望去，灿烂若抱锦。这花园里就有一个水泥构筑的棚架，悬挂着百数十盆秋海棠，蔚成一片花海，真是洋洋大观，令人花下忘归。

拔卓特花园里面又有日本花园、意大利花园各一处，我认为虽具巧思，却嫌庸俗。大花园里可以包含景色不同的小花园，于均衡对称之中力求变化，例如圆明园里也有西洋楼，颐和园里也有谐趣园，但是必须有宽敞的地址，不能过分拥挤。这里的日本花园把所有的东洋景色一味缩小充塞在一小块地上，犹如假山盆景，显得小家子气。意大利花园也是一样，有水池、有雕像、有格子棚凉亭荫道，具体而言，就是没有开朗没有肃穆的气象。设计的人想玩噱头，反成败笔。拔卓特花园规模还不够大，应以下陷花园为中心，此外各处多莳应时花卉，多建各式花棚花坛，也就够了，不必再求别的出奇制胜的点缀。

园内餐厅容量太小，顾客登记领牌，一小时后方有入席希望，我们实在无此耐心，就在附近小店买些食物充饥。加拿大的白昼特长，一直到夜晚十点天还黑不下来。我们在露天音乐台听唱歌，时在盛暑，凉意袭人。到十时半开始夜游。有两个可看的地方，一是下陷花园，在若干盏彩色的强力反光灯照耀之下，日本枫树格外的红，松杉格外的绿，有些像是一幅庞大的舞台布景。另一地方是有彩色灯光的喷水池，喷射的水流有变化，彩色亦有变化，周而复始轮流变化，变幻出好几种花样，规模相当大，颇有可观。我忽地联想起：当年我们的圆明园里蒋友仁督建的“大水法”，不知有没有这样的动人？

夜色渐深，露凉如水，我们匆匆离去。

翌日，在维多利亚城小游半日，无可记者。午后搭另一轮渡自此直驶西雅图，途经无数岛屿，都葱茏可喜。

福特故居

我们从加拿大的安大略省驱车西南行，用了一整天的工夫，再抵美加边界，傍晚进入美国密歇根州的底特律。这是一个一百六十几万人口的大城市，事实上是完全在福特公司的庞大势力笼罩之下，这里的人或机构好像没有一个不直接或间接和福特发生关系。这里应是现代资本主义下的社会结构之最典型的一个实例。我们说底特律是“福特王国”，他们也自称“Ford Country”。

福特公司设有“招待中心”，据说每年有一百五十万以上的人前来参观。来宾先在中心登记，取得参观证，从早九点起用一部部的大汽车分批送到工厂去参观汽车生产，直到午后三时为止。车上的男女导游不消说都是能言善道训练有素的，述说福特的事业如数家珍。我们先去看碱性氧性熔炉（basic oxygen furnace），据说这是利用纯氧气炼钢方法的最新发展。我们看到一股股炽红的熔铁沿着模型蜿蜒而流，铸成铁块、铁板、铁条，厂里面轰轰声、砰砰声、吱吱声，杂然并作，工人戴着面具往来操作，里面的温度之高使得我们不能停留逼视，参观者的行列匆匆地向前移动，孩子们大声号啼，老人们用手捂着脸。福特厂自称他们是世界上汽车业者唯一设备自用炼钢厂的一家，自己炼钢，制造自己的汽车的车身及零件。所生产的钢铁在数量上占美国的第十位，但是福特厂所需要的钢铁有一半还要自外购入。厂里最有趣的一部分当然是那著名的装配线，这是福特的一大发明。一部汽车约有零件一万三千个，经过分工合作的装配线，一部完整的汽车自开始装配至开动出厂平均速度不需要一分钟！

福特的汽车事业的成功是一件了不起的事，在工业界成为一个巨大的里程碑。但是亨利·福特这个人却不仅是一个成功的工业家或资本主义者。他善于使用他的财富，他企图把美国开国以来的人民实际生活状况借实物展览的方式留给他的国人长久观摩——这便是福特博物馆及绿野村（Greenfield Village）的由来。博物馆建于1929年，占地十四亩，建筑物的正面是模仿费城独立厅的形式，内容分三大部分：一是装饰品，包括家具、瓷器、钟表、织绣之类；二是早期的店铺，由木匠铺、乐器店、玩具店、铁匠铺、马具店等排成一条街的形式；三是工艺品，农业、工业、蒸汽机、发电机、电灯、交通工具都有实物陈列，由最早的飞机以至最新电子装备都囊括在内。进门处的二楼是福特私人生活的实物展览，我们在这里清清楚楚地看出这个人如何在寒苦低微的环境之中努力奋斗以至于成功的全部经过。“绿野村”则是另一构想，福特把将近一百座有历史意义的建筑物重建在这一块地上，当然是具体而微的，不过建得惟妙惟肖，观光者可在一两小时之内巡视美国过去的许多名胜旧迹，诸如爱迪生的实验室、福特制造第一部汽车的厂棚、福特诞生的家屋，以及韦伯斯特与莱特兄弟之家等。

福特办博物馆和绿野村是爱国精神的表现。爱国的人一定珍视他的国家过去留下的文物遗产。美国自殖民时代至开国战争，随后开拓西部，其中有不少可歌可泣的资料，虽然由我们中国人看来，美国开国距今刚刚要满两百年，历史实在太短，古迹似乎古不到哪里去，但是福特作为一个资本家，已随时代而俱去，作为一个爱国者，其精神则永久存在而值得大众赞许。

我在底特律勾留两天，难忘的是福特的故居。是一所相当大的石头墙壁的大房子，两层，有地下室。房后有狭长的池塘，右边有一所小小的花园，花园是在荒废状态中，玫瑰花圃依稀可辨，但是荆棘丛生。听说由于福特后人无力维护，房屋楼上已经租出。我们去参观时，楼上一部分已在被人使用，谢绝参观了。我们所看到的若干房屋，当初设备必定是甚为豪华，如今都褪色了，气氛显着有一点阴沉。有一间房子是招待过爱迪生的。有一间屋子里有一个很大的壁炉，上面横石刻了一行字：

CHOP YOUR OWN WOOD AND IT WILL WARM YOU TWICE

意思是说：“柴要自己砍，身体便可以暖两回。”一切工作，在获至成果时固然可供享受，其实在工作进行的过程中也自有乐趣。福特家中烧的柴是否自己砍，我不知道，我猜想可能有时候是自己砍的，因为砍柴也是一种有趣的运动。福特是一个喜欢凡事自己动手的人，所谓事必躬亲。他的壁炉上这一句格言，使我久久思索不能忘怀。

万物有灵皆自在

狗

我不喜欢狗，也不知是为什么，仔细想起来，大概是不外这几个原因：一、怕狗咬；二、嫌狗脏；三、家里的孩子已经太多。

我到重庆来，租到一间房子，主人豢养着一条狗，不是什么巴儿狗、狼狗、鬈毛狗之类的名种，只是地地道道的一条笨狗，可是主人爱它。我的屋门的外面就是主人的饭厅，同时也就是这条狗的休憩之所。一到“开堂”的时候，桌上桌下同时地要吱吱喳喳地忙碌一阵。主人若是剩下半锅稀饭，就噗的一声往地上一泼，那条狗便伸出缁红长舌头呱唧呱唧地给舔得一干二净。小宝宝若是屙了屎，那条狗也依样办理。所以地上是很光溜的，而主人还省许多事。开堂的时候那条狗若是缺席，还要劳主人依槛而望，有时还要喊着它的大名催请。饭后狗还要在我门外偃卧。所以我推开门，总是要遇到狗。平常倒也彼此相安，但是遇到它正在啃骨头或是心绪欠佳的时候，它便呼地一下子扑上身来，有一次冷不防被它把裤子咬破一个洞，至今这个洞还没有缝起来。以后我出入就更加小心了，杖不离手，手不离杖，采取防御的姿势。狗大概是饱的时候不多，常常狭路相逢，和我冲突。我接受一个朋友的劝告，买了十个铜板的大饼喂它，果然，它摇尾而来，有妥协之意，我把饼都给它吃了。它快吃完时，我大踏步走出门口，不料它呼地一下咬住了我的衣襟，我一时也无法摆脱，顿成胶滞状态，幸亏主人出来呵逐，我仅以身免。衣襟上已有两个窟窿！以后我就变更策略，按照军事学家所谓“进攻是最好的防卫”，又按照标语家所谓的“予打击者以打击”，以后遇到狗便见头打头，见尾打尾。从此我没被狗咬过，然而也很吃力，尤其是在精神上感觉紧张。我的朋友们来访我的，有两位腿上挂了彩。主人非常客气，甚至于感觉有一点不安，在大门外竖起一块牌子，大书“内有恶犬”。

有人说，怕狗咬足以证明你是城里人，不是乡下人。乡下人没有怕狗咬的。这话也对。不过城里不是没有狗。重庆的街道上，狗甚多。我常有“不可与同群也”之感。城里的狗比乡下的狗机警，卧在街道中间的少，而且也并不狂吠着追逐汽车。街上的野狗并不轻易咬人，大概是因为它知道它自己是野狗的缘故。不过我总觉得在人的都市里，狗不应该有居住行动的自由权。万一谁得了“恐水症”，在重庆可是没法治！市政当局若是发起捕杀野犬运动，我赞成。

猎犬、警犬，都是有用的；太太们若是喜欢小巴儿狗，那也是私人的嗜好，并无可议；看门守夜的狗，若是家教严，管理得法，不乱咬人，那也要得。至于笔记小说中所谓“义犬”那自然更令人肃然起敬，我不敢诽谤。可是××的“走狗”，那就非打倒不可了。狗和人一样，有种类的不同，不可一概而论。你看，英国人不是还时常喜欢自比为“牛头狗”吗?

一条野狗

野狗当道，有司捕杀之，吾无间然。

夜深人静，常听到犬吠之声盈耳，哀而且厉，随即寂然。我初以为是狗屠出来猎狩，收集香肉，供人大嚼。后来听说是市府派出来的专人收捕野狗。他们的猎具简单，一根棍子，顶端系上一个铅铁丝圈的活套，瞄准了套在狗颈上面，越拉越紧，狗便无法挣脱。提起狗来往停在路边的车子里一甩，凑足了十个八个，送往拘留场所，三日无人认领，则聚而歼之，无稍贷。对市民而言，这是德政。

从前我的居处楼上有人养狗，我从未见过这狗，不知其为雌雄、妍媸、胖瘦。但是狗准时狂吠，准在黎明的时候以极不悦耳的短促而连续的声音嗥叫，惊醒上下左右邻人的清睡。熟睡中被惊醒是很难受的。古人形容人民之安居乐业的现象之一是“狗不夜吠”（见《后汉书·循吏传》），有一天菁清在电梯中遇到狗主人，说起这条狗，委婉地请求她能不能“无使尨也吠”。狗主人反问：“你搬来多久了？”菁清说：“将近一月。”狗主人说：“我在此地养这条狗将近三年了。”言外之意是，她和她的狗已经是资深的住户，一切早已定型，传统不容置疑。我闻之不禁叹息，有其人必有其狗。可是睦邻要紧，何况这狗不是野狗，所以这桩事只好列为百忍的项目之一。忍了两年，忽不闻犬吠，人犬俱杳，大概是搬走了。

历史重演，我现在住的地方又有一条狗半夜里汪汪地叫，不是在楼上，是在街上，原是一家店铺豢养的一只母狗，店铺关门，狗被遗弃，变成了野狗。它在附近餐馆偶然拾些残羹剩炙，苟全性命，但是瘦骨嶙峋，棕黑色的毛脱落了一半，同时还长满了虱。别看它这副腌臜相，在一群落魄的公狗的眼里，它还是眉清目秀的。果然，有一夜晚，一群野狗狺狺然骚动起来，争相追逐这只可怜的母狗。结果是不免。群狗哄散，不久这条狗就大腹膨亨了。大概狗在怀胎期间格外容易感觉到饿，所以它叫得格外凄厉。菁清和我时常外出就餐，偶然剩余的菜肴便大包小包地携带回家，菁清没有浪费的习惯，归途遇见这只母狗，菁清顺手打开包裹，投以肉骨之类。一只狗真正饥饿的时候，饥火中烧，忽然看见肉骨，饥火会从眼里直冒出来。它急急忙忙地大口吞嚼。咔嚓咔嚓之声可闻，还不时地左顾右盼，唯恐谁来夺食。吃完之后，还要舔地，好像是意犹未足。菁清索性以全部剩食投赠，它如风卷残云一般吃得一干二净。饿狗得食，那份满足的样子给人印象至深。此后我们就时常喂它，它好像认识我们了，见到我们就摇它的尾巴，这是它的礼貌。我们只是“随所见物，发慈悲心”（莲池大师语），并不是对这只野狗有所偏爱。

有一天，楼下餐馆主人说，那只野狗利用他后门外的一角空地产下了五只小狗。菁清就劝店主喂养它们，店主也答应了，只是把三只小狗送人，留下两只。我们看见了这两只，肥肥胖胖，满地打滚，一白色一棕色。天地之大德曰生，狗也在一切有情之内。现在母狗长得丰满了，皮毛也显著悦泽，母性焕发，怡然自得，再也不黎明狂吠扰人清梦了。我们为它庆幸："得其所哉！"尤其是看它喂奶给小狗吃的那副舒坦的样子，令人兴起愉悦之感。

忽然有一天餐馆主人告诉我们，那条狗被抓走了！我们立刻就想到捕狗人员用铁圈套狗的样子，不免戚然。问店主要不要去认领，他摇摇头。"那两只小狗怎么办呢？"他说："我们会喂它。"说着说着那两只小狗跑过来了，依然欢蹦乱跳，满地打滚，不晓得覆巢之下岂有完卵！

我知道那条狗还可以苟延残喘三天，这三天中，我不时地想到了它。三天过后，万事皆空，它的影子仍然不时地浮现在我心里。这条狗并无美丰姿，比起什么狮子狗、狐狸狗、哈巴狗、牧羊犬、大丹狗、香肠狗、牛头狗……都差得远。我没有抚摸过它，只是偶有一饭之恩。奈何三日已过而仍萦绕我的心怀？我的心怀已经是满满的，不能再容纳一只无家可归惨遭捕杀的野狗。我想唯一释怀的方法是把这一桩事写出来，也许写出来之后心里就会觉得释然。试试看。

一只野猫

流浪街头无人豢养的猫，叫作野猫。通常是瘦得皮包骨，一身渍泥，瞪着大眼嗥嗥地叫，见人就跑。英语称之为街猫，以别于家猫，似较为确切，因为野猫是另一种东西，本名lynx，我们称之为山猫，大概也就是我们酒席上的果子狸。

稀脏邋遢的孩子，在街上鬼混，我们称之为野孩子。其实他和良家子弟属于同一品种，不是蛮荒的野人的孑遗，只是缺乏教养失去了家庭温暖的可怜的孩子。猫也是一样。踯躅街头嗷嗷待哺的猫，我也似乎不该叫它为野猫，只因一时想不起较合适的名称，暂时委屈它一下称之为野猫吧。

一般的野猫，其实是驯顺的，而且很胆怯。在垃圾堆旁的野猫都是贼目鼠眼的，一面寻食，一面怕狗，更怕那些比狗更凶的人。我们在街上看见几只野猫，怜其孤苦伶仃，顶多付诸一叹，焉能广为庇护使尽得其所？但是如果一只野猫不时地在你家大门外出现，时常跟着你走，有时候到了夜晚蹲在你的门前守候着你，等你走近便叫一声

“咪噢”，而你听起来好像是叫一声“妈”……恐怕你就不能不心动一下，恻隐之心，人皆有之。

菁清最近遇到了这样的一只野猫。白毛，大块的黑斑，耳朵是黑的，尾巴是黑的，背上疏疏落落地有三五大块黑，显着粗豪，但不难看，很脏，但是很胖，也许本是家猫而被遗弃的，也许它善于保养而猎食有道。它跟了菁清几天，她不能恝置不理了，俯下身去摸摸它，哇，毛一缕缕地黏结在一起，刚鬣鬅鬙，大概是好久不曾梳洗。

“我们把它抱到家里来吧？”菁清说。

我断然说：“不可。”

我们家已经有白猫王子和黑猫公主，一雌一雄，其饮食起居以及医药卫生之所需，已经使我们两个忙得团团转，如果善门大开，寒家之内势将喧宾夺主。菁清听了没说什么，拿一钵鱼一盂水送到门口外，就像是在路边给过往行人“奉茶”的那个样子。

如是者数日，野猫每日准时到达门口领食，更难得的是施主每日准时放置饮食于固定之处待领。有时吆喝一声，它不知从哪里蹿了出来，欣然领受这份嗟来之食。

有好几天不见猫来。心想不妙，必是遭遇了什么意外。果然，它再度出现时，尾巴中间一截血淋淋的毛皮尽脱，露出一段细细的似断未断的骨头。它有气无力地叫。我猜想也许是被哪一家的弹簧门夹住了尾巴。菁清说一定是狗咬的。本来尾巴没有用，老早就该进化淘汰掉的，留着总是要惹麻烦。菁清说：“以后叫它上楼到我们房门口来吃吧。”我看着它的血丝糊拉的尾巴，也只好点点头。从此这只猫更上一层楼，到了我们的房门口。不过我有话在先，我在这里画最后一道线，不能再越雷池一步，登堂入室是绝不可以的。菁清说：“这只猫，总得有个名字，就叫它‘小花子’吧。”怜其境遇如乞食的小叫花子，同时它又是一身黑白花。

小花子到房门口，身份好像升了一级。尾巴的伤养好了，猫有九条命，些许皮肉之伤算不了什么。菁清给它梳洗了一番，立刻容光焕发。看它直咳嗽，又喂了它几颗保济丸。它好想走进我们的房间，有时候伸一只爪子隔在门缝里，不让我们关门，我心里好惭愧，为什么这样自私，不肯再多给它一点温暖！菁清拿出一条棉絮放在门外，小花子吃饱之后，照例洗洗脸，便蜷着身子在棉絮上面睡了。小花子仅仅免于冻馁而已。它晚间来到门口膳宿，白天就不知道云游何处了。

白猫王子听得门外有同类的呼声，起初是兴奋，观察许久，发出呼噜的吼声，小花子吓得倒退。对于这不速之客，白猫王子好像不表示欢迎。一门之隔，幸与不幸，判如霄壤。一个是食鲜眠锦，一个是踵门乞食。世间没有平等可言！

小花

小花子本是野猫，经菁清留养在房门门处，起先是供给一点食物一点水，后来给它一只大纸箱作为它的窝，放在楼梯拐角处，终乃给它买了一只孩子用的鹅绒被袋作为铺垫，而且给它设了一个沙盆逐日换除洒扫。从此小花子就在我们门前定居，不再到处晃荡，活像《鸿鸾禧》里的叫花子，喝完豆汁儿之后甩甩袖子连呼：“我是不走的了啊，我是不走的了啊！”

彼此相安，没有多久。

有一天我回家看见菁清抱着小花子在房间里踱来踱去，我惊问：“它怎么登堂入室了？”我们本来约定不许它越雷池一步的。

“外面风大，冷，你不是说过猫怕冷吗？”

我是说过，猫是怕冷。结果让它在室内暖和了一阵，仍然送到户外。看着它在寒风里缩成一团偎在纸箱里，我心里也有些不忍。

再过些时，有一天小花子不见了，整天都没回来就食，不知它云游何处去了。一天两天过去，杳无消息。它虽是野猫，我们对它不只有一饭之恩，当然甚是牵挂。每天打开门看看，猫去箱空，辄为黯然。

忽然有一天它回来了。浑身泥污，而且沾有血迹。它的嘴里挂着血淋淋的一块肉似的东西，像是碎裂的牙肉。菁清赶快把它抱起，洗刷一下，在身上有血迹处涂了紫药水，发现它的两颗虎牙没有了，满嘴是血。我们不知它遭遇了什么灾难，落得如此狼狈。菁清取出一个竹笼，把它装了进去，骑车直奔国际猫狗专科病院辜仲良（泰堂）先生处。辜大夫说，它的牙被人敲断了，大量出血，被人塞进几团药棉花，它在身上乱舔所以到处有血迹。于是给它打针防破伤风，注射消炎剂，清洗口腔，取出药棉花，涂药。菁清抱它回来，说："看它这个样子，今天不要叫它在门外睡了吧？"我还有什么话说。于是小花子进了家门，睡在属于黑猫公主的笼子里。黑猫公主关在楼上寝室里。三猫隔离，各不相扰。这是临时处置，我心想，过一两天还是要放小花子到门外去的。

但是没想到第二天菁清又有了新发现，她告我说，在她掰开猫嘴涂药时发觉猫的舌头短了一大截，舌尖不见了。大概是牙被敲断时，被人顺手把舌头也剪断了。菁清要我看，我不敢看。我不知道它犯了什么大过，受此酷刑。我这才明白为什么每次喂它吃鱼总是吃得盘里盘外狼藉不堪，原来它既无门牙又缺半截舌头。世界上是有厌猫的人。据说，拿破仑就厌恶猫，"在某次战役中，有个侍从走过拿破仑的卧房时，突然听到这位法国皇帝在呼救。他打开房门一看，拿破仑的衣服才穿到一半，满头大汗，用剑猛刺绣帷，原来他是在追杀一只小猫”。美国的艾森豪威尔总统也恨猫，“在盖茨堡家中的电视机旁，备有一支鸟枪打击乌鸦。此外他还下令，周遭若出现任何猫，格杀勿论”。英文里有一个专门名词，称厌恶猫者为ailurophobe。我想我们的小花子一定是在外游荡时遇到了一位厌猫者，敲掉门牙剪断舌头还算是便宜了它。

菁清说，这猫太可怜，并且历数它的本质不恶，天性很乖，体态轻盈，毛又细软，但是她就没有明白表示要长期收养它的意思。我也没有明白表示我要改变不许它进门的初衷。事实逐步演变，它已成了我们家庭的一员。菁清奉献刷毛、挖耳、剪指甲全套服务，还不时地把它抱在怀里亲了又亲。我每星期上市场买鱼也由七斤变为十斤。煮鱼摘刺喂食的时候，也由准备两盘改为三盘。

“米已熟了，只欠一筛。”最后菁清画龙点睛似的提出了一个话题，“这猫已不像是一只野猫了，似不可再把它当作街头浪子，也不再是小叫花子，我们把‘小花子’的名字里的‘子’字取消，就叫它‘小花’吧。”

我说“好吧”。从此名正言顺，小花子成了小花。我担心的是以后是否还有二花、三花闻风而至。

猫

英国十八世纪诗人斯玛特（Smart）是一个疯子。这不足为奇，因为诗人和疯子本来有一些近似。不过斯玛特疯得厉害。他本来只是由于对宗教的狂热过度而显得不很正常，他喜欢祈祷，常在光天化日之下跪在当街上做祈祷，而且乞求别人和他一起祈祷。他两度被关进了疯人院。约翰逊同情他，说他无害于人，根本不该被关起来。在疯人院里他不准使用纸笔墨水，据说他就利用他的钥匙的尖端在壁板上刻画出他的杰作《大卫之歌》，大卫歌颂的是上帝的光荣。斯玛特还有一部诗稿，死后一百多年才被发现，这就是《对羔羊而欢喜赞叹》（*Jubilate Agno*），于一九三九年刊行。这部诗的主旨也是赞美上帝，斯玛特以为凡属生物（佛家所谓“有情”）都是在宣示上帝的光荣。他有一只猫，是他被禁闭时唯一的伴侣，名字是乔佛莱，这只猫之生命即是对上帝之不断的礼拜。自第十九节第五十行起及整个的第二十节，都是讲这只猫。诗体是所谓自由诗，不押韵，每行长短不拘，很像是惠特曼的诗的形式，当然这是模仿《圣经》，也可说是模仿希伯来诗体。其诗曰：

我要谈到我的猫乔佛莱。
他是当今上帝的臣仆，日日恪尽厥职。
上帝的光荣在东方刚刚出现，他即以他的方式去礼拜。
其方式是躬身七次，优美而迅速。
然后他跳起捉麝球，这是他求上帝赐给他的恩物。
他连翻带滚地闹着玩。
做完礼拜受了恩宠之后他开始照顾他自己。
他分为十个步骤去做。
第一是看看前爪是否干净。
第二是向后踢几下以腾出空间。
第三是伸前爪欠身做体操。
第四是在木头上磨他的爪。
第五是洗浴。
第六是浴罢翻滚。
第七是为自己除蚤，以免巡游时受窘。
第八是靠着一根柱子摩擦身体。
第九是抬头听取指示。
第十是前去觅食。
礼拜上帝照顾自己之后他便应付他的邻居。

如果遇到另一只猫，便温柔地吻她一下。

捕到食物的时候便戏弄他，给他一个机会，

七只老鼠有一只在他逗弄时脱逃。

每日工作完毕，他的正事开始。

夜间他为上帝值更，防备仇敌。

他用含电的皮和闪亮的眼抗拒黑暗的威力。

他以活跃的生命力抵制代表死亡的恶魔。

在晨祷中他爱太阳，太阳也爱他。

他是属于虎的一族。

虎是天使，猫是小天使。

他有蛇的狡狯与嘘嘘声，但他禀性善良能克制自己。

如吃得饱，他不做破坏的事，若未被犯他亦不唾。

上帝夸他乖，他作呜呜声表示感谢。

他是为儿童学习慈爱的一个工具。

没有猫，每个家庭不完备，幸福有缺憾。

以色列人离开埃及时，主曾命令摩西带走战利品。

每个家庭行囊中有一只猫。

英国的猫是欧洲的最佳者。

他是四足动物中使用前爪最为干净者。

他的防卫力之灵巧是上帝十分钟爱他的明证。

他是生物中行动最敏捷的。

他有坚持不懈的毅力。

他是严肃与恶作剧的混合。

他知道上帝是他的救主。

没有什么能比他休息时的宁静更为可爱。

没有什么能比他动作中的生命力更为活跃。

他是主的小可怜，难怪总是被怜惜地称作——可怜的乔佛莱！可怜的乔佛莱！老鼠咬了你的脖子。

我赞美主耶稣的名字，乔佛莱已经好些了。

圣灵来到他的躯体上使之归于完整。

他的舌头十分纯洁，有音乐中得不到的纯洁。

他驯顺，能学习一些事情。

他可以做出严肃的模样，这是奉命唯谨。

他可以供驱使，这是恪尽厥职。

他可以跳过一根手杖，这是禁得考验。

一声令下他可以四肢伸开地仰卧。

他可以从高处一跃而入主人的怀抱。

他可以捕捉一个软木塞再掷出去。

他被伪善者与吝啬者所嫉。

前者怕被窥破。

后者不肯破费买饲料。

他弓起他的背，表示开始有所作为。

他很值得怀念，如果一个人愿说老实话。

在埃及他曾因殊勋而声名大振。

他杀死了陆上为患的檬鼠。

他听觉灵敏，一点声音就使他警觉。

所以他能很快地予以注意。

我抚摩他发现他身上有电。

我发现他身上有上帝的光明，烛光与火焰。

电火是神圣的东西，乃是上帝从天上带来的，以支持人与兽的躯体。

上帝祝福他，令他有各式各样的活动。

他虽然不能飞，极善于攀爬。

他在地面上活动多于任何四足兽类。

他能随着音乐做各种舞蹈。

他能泅水逃命。

他能爬行。

猫的故事

猫很乖，喜欢偎傍着人；有时又爱蹭人的腿，闻人的脚。唯有冬尽春来的时候，猫叫春的声音颇不悦耳。呜呜地一声一声地吼，然后突然地哇咬之声大作，稀里哗啦的，铿天地而动神祇。这时候你休想安睡。所以有人不惜昏夜起床持大竹竿而追逐之。相传有一位和尚作过这样的一首诗：“猫叫春来猫叫春，听他愈叫愈精神，老僧亦有猫儿意，不敢人前叫一声。”这位师父富同情心，想来不至于抡大竹竿子去赶猫。

我的家在北平的一个深巷里。有一天，冬夜荒寒，卖水萝卜的，卖硬面饽饽的，都过去了，除了值更的梆子遥远的响声可以说是万籁俱寂。这时候屋瓦上嗥的一声猫叫了起来，时而如怨如诉，时而如诟如詈，然后一阵跳踉，蹿到另外一间房上去了，往返跳跃，搅得一家不安。如是者数日。

北平的窗子是糊纸的，窗棂不宽不窄正好容一只猫儿出入，只消它用爪一划即可通往无阻。在春暖时节，有一夜，我在睡梦中好像听到小院书房的窗纸响，第二天发现窗棂上果然撕破了一个洞，显然地是有野猫钻了进去。大概是饿极了，进去捉老鼠。我把窗纸补好。不料第二天猫又来，仍从原处出入，这就使我有些不耐烦，一之已甚，岂可再乎？第三天又发生同样情形，而且把书桌、书架都弄得凌乱不堪，书桌上印了无数的梅花印，我按捺不住了。我家的厨师是一个足智多谋的人，除了调和鼎鼐之外还贯通不少的旁门左道，他因为厨房里的肉常常被猫拖拉到灶下，鱼常被猫叼着上了墙头，怀恨于心，于是殚智竭力，发明了一个简单而有效的捕猫方法。用铁丝一根，在窗棂上猫经常出入之处钉一个铁钉，铁丝一端系牢在铁钉之上，另一端在铁丝上做一活扣，使铁丝做圆箍形，把圆箍伸缩到适度放在窗棂上，便诸事完备，静待活捉。猫蹿进屋的时候前腿伸入之后身躯势必触到铁丝圆箍，于是正好套在身上，活生生悬在半空，愈挣扎则圆箍愈紧。厨师看我为猫所苦无计可施，遂自告奋勇为我在书房窗上装置了这么一个机关。我对他起初并无信心，姑妄从之。但是当天夜里居然有了动静。早晨起来一看，一只瘦猫奄奄一息地赫然挂在那里！

厨师对于捉到的猫向来执法如山，不稍宽假，我看了猫的那副可怜相直为它缓颊。结果是从轻发落予以开释，但是厨师坚持不能不稍予膺惩，即在猫身上原来的铁丝系上一只空罐头，开启街门放它一条生路。只见猫一溜烟似的稀里哗啦地拖着罐头绝尘而去，像是新婚夫妇的汽车之离教堂去度蜜月。跑得愈快，罐头响声愈大，猫受惊乃跑得更快，惊动了好几条野狗在后面追赶，黄尘滚滚，一瞬间出了巷口往北而去。它以后的遭遇如何我不知道，我心想它吃了这个苦头以后绝对不会再光顾我的书房。窗户纸重新糊好，我准备高枕而眠。

当天夜里，听见铁罐响，起初是在后院砖地上哗啷哗啷地响，随后像是有东西提着铁罐猱升跨院的枣树，终乃在我的屋瓦上作响。屋瓦是一垄一垄的，中有小沟，所以铁罐越过瓦垄的声音是咯噔咯噔地清晰可辨。我打了一个冷战，难道那只猫阴魂不散？它拖着铁罐子跑了一天，藏躲在什么地方，终于夤夜又复光临寒舍？我家究竟有什么东西值得使它这样念念不忘？

咣当一声，铁罐坠地，显然是铁丝断了。几乎同时，噗的一声，猫顺着我窗前的丁香树也落了地。它低声地呻吟了一声，好像是初释重负后的一声叹息。随后我的书房窗纸又撕破了——历史重演。

这一回我下了决心，我如果再度把它活捉，要用重典，不是系一个铁罐就能了事。我先到书房里去查看现场，情况有一些异样，大书架接近顶棚最高的一格有几本书散落在地上。倾耳细听，书架上有呼噜呼噜的声音。怎么猫找到了这个地方来酣睡？我搬了高凳爬上去窥视，吓我一大跳，原来是那只瘦猫拥着四只小猫在喂奶！

四只小猫是黑白花的，咕咕容容地在猫的怀里乱挤，好像眼睛还没有睁开，显然是出生不久。在车船上遇到有妇人生产，照例被视为喜事，母子好像都可以享受好多的优待。我的书房里如今喜事临门，而且一胎四个，原来的一腔怒火消去了不少。天地之大德曰生，这道理本该普及于一切有情。猫为了它的四只小猫，不顾一切地冒着危险回来喂奶，伟大的母爱实在是无以复加！

猫的秘密被我发现，感觉安全受了威胁，一夜的工夫它把四只小猫都叼离书房，不知运到什么地方去了。

猫话

《诗·大雅·韩奕》："孔乐韩土，川泽讦讦，鲂鲊甫甫，麀鹿噳噳，有熊有罴，有猫有虎。"这是说韩城一地物产富饶，是好地方。原来猫也算是值得一提的动物，古时的猫是有实用价值的。《礼·郊特牲》："迎猫，为其食田鼠也。"捉老鼠，一直是猫的特职。一般人家里也常有鼠患，棚顶墙根都能咬个大窟窿，半夜里到厨房餐室大嚼，偷油喝，啃蜡烛，再不就是地板上滚胡桃，甚至风雅起来也偶尔啮书卷，实在防不胜防，恼火之至。《黄山谷外集》卷七有一首《乞猫》，诗曰:

秋来鼠辈欺猫死，窥瓮翻盘搅夜眠。
闻道狸奴将数子，买鱼穿柳聘衔蝉。

这首诗是说家里的老猫死了，老鼠横行。随主簿家里的猫，听说要产小猫了，请求分赠一只，已准备买鱼静待小猫光临。衔蝉，俗语，猫名也。这首诗不算是山谷集中佳构，但是《后山诗话》却很推崇，“乞猫诗，虽滑稽而可喜，千岁之下，读之如新”。到底山谷乞得猫了没有，不得而知。不过山谷又有一首《谢周文之送猫儿》，诗云：

养得狸奴立战功，将军细柳有家风。
一箪未厌鱼餐薄，四壁当令鼠穴空。

周家的猫不愧周亚夫细柳营的大将之风，大概是很善捕鼠。

鼠辈跳梁，靠猫来降伏，究竟是落后社会的现象。猫和人建立了关系，人猫之间自然也会产生感情。梅圣俞有一首《祭猫诗》，颇有情致：

自有五白猫，鼠不侵我书。
今朝五白死，祭与饭与鱼。
送之于中河，咒尔非尔疏。
昔尔啮一鼠，衔鸣绕庭除。
欲使众鼠惊，意将清我庐。
一从登舟来，舟中同屋居。
糗粮虽甚薄，免食漏窃余。
此实尔有勤，有勤胜鸡猪。
世人重驱驾，谓不如马驴。

已矣莫复论，为尔聊欷歔。

这首诗还是着重猫的实用价值，不过忘形到尔汝，已经写出了对猫的一份情。宋代钱希白《南部新书》："连山张大夫抟，好养猫，众色备有，皆自制佳名。每视事退，至中门，则数十头曳尾延颈接入。以绿纱为帏，聚其内，以为戏。或谓抟是猫精。"说来好像是奇谈，我相信其事大概不假。杨文璞先生对我说，他在纽哲塞住的时候，养猫一度多到三十几只，人处屋内如在猫笼。杨先生到舍下来，菁清称他为"猫王"。猫王一见我们的白猫王子，行亲鼻礼，白猫王子在他跟前服服帖帖，如旧相识。

一般来说，猫很可爱。如果给以适当的卫生设备，它不到处拆烂污，比狗强，也有时比某一些人强。我们的白猫王子，从小经过菁清的训练，如厕的时候四爪抓住缸沿，昂首蹲坐，那神情可以入画。可惜画工只爱画猫蝶图、正午牡丹之类。猫喜欢磨它的趾甲，抓丝袜、抓沙发、抓被褥。菁清的办法是不时地给它剪趾甲，剪过之后还替它锉。到处给它铺小块的粗地毯，它睡起之后躬躬身就在小地毯上抓磨它的趾甲了。猫馋，可是它吃饱之后任何鱼腥美味它都不屑一顾，更不用说偷嘴。他吃饱之后不偷嘴，似乎也比某一些吃饱之后仍然要偷的人高明得多。

猫不会说话，似是一大缺陷。它顶多是喵喵叫两声，很难分辨其中的含义。可是菁清好像是略通猫语，据说那喵喵声有时是表示饥饿，有时是要人去清理它的卫生设备，有时是期望有人陪它玩耍。白猫王子玩绳、玩球、玩捉迷藏，现在又添了新花样，玩“捕风捉影”。灯下把撑衣架一晃，影子映在墙上，它就狼奔豕突地扑捉影子！有些人不是也很喜欢捕风捉影地谈论人家的短长吗？宋代彭乘《续墨客挥犀》：“鄱阳龚氏，其家众妖竟作，乃召女巫徐娆者，使治之。时尚寒，有一猫正卧炉侧，家人指谓娆曰：‘吾家百物皆为异，不为异者独此猫耳。’于是猫亦人立，拱手而言曰：‘不敢。’娆大骇，走去。”我真盼望我们的白猫王子有一天也能人立拱手而言。西谚有云：“佳酿能使猫言。”莎士比亚《暴风雨》曾引用其意，想是夸张其词。猫不能言，犹之乎“猫有九条命”一样地不足信，命只有一条。

人之好恶不同，各如其面。尽管有人爱猫爱得发狂，抚摩它、抱它、吻它，但是仍有人不喜欢猫。莎士比亚《威尼斯商人》就说“有些人见猫就要发狂”。不是爱得发狂，是厌恶得发狂。我起初还不大了解。后来有一位朋友要来看我，预先风闻我家有白猫王子，就特别先打电话要我把猫关起。我想这也许是一种过敏反应。《挥麈新谈》曾记猫有五德之说：“猫见鼠不捕，仁也。鼠夺其食而让之，义也。客至设馔则出，礼也。藏物虽密能窃食之，智也。每冬月辄入灶，信也。”这是鸡有五德之说的翻版，像这样的一只猫未必可爱。猫有许多可人意处，猫喜欢偎在人身边，有时且枕着你的臂腿呼呼大睡，此时不可误会，其实猫怕冷怕寂寞。有时你在寒窗之下伏案作书，猫能蹲踞案头，缩在桌灯罩下呼噜呼噜地响上个把钟头，此时亦不可误会，猫只是在享受灯光下散发出来的热气。如加呵斥，它会抑郁很久；如施夏楚，它会沮丧半天。猫有令人难以理解的嗜好，它喜欢到处去闻，不一定是寻求猎物，客来它会闻人的脚闻人的鞋，好像那里有什么异香。最令人嫌恶的是春天来到的时候猫在房檐上怪声怪气地叫嗥，东一声叫，西一声应，然后是稀里哗啦地一阵乱叫乱跑。鲁迅先生在一篇文字里说他最讨厌听猫叫，他被吵醒便拿起大竹竿去驱逐。猫叫春是天性，驱得了吗？

有义犬、义马救主之说，没听说过义猫。猫长得肥肥胖胖，刷洗得干干净净，吃饱了睡，睡醒了吃，主人看着欢喜，也就罢了，谁还稀罕一只猫对你有什么报酬？在英文里feline（猫）一字带有阴险狡诈之义，我想这也许有一点冤枉。有人养猫，猫多为患，送一只给人家去，不久就返回老家。主人无奈，用汽车载送到郊外山上放生，没过几天，猫居然又回来了。回来时瘦骨嶙峋，一身污泥。主人大受感动，不再遗弃它，养它到老。猫也识得家，不必只是狐正首丘。

英国诗人中，十八世纪的斯玛特（Smart）最爱猫，我曾为文介绍，兹不赘。另外一位诗人托马斯·格雷有一首有名的小诗，写一只猫之溺死于金鱼缸内。那只缸必是一只相当大的缸，否则不至于把猫淹死。可惜那时候没有司马光一类的人在旁营救。那只猫不是格雷的，是他朋友何瑞斯·窝波耳的，所以他写来轻松，亦谐亦讽而不带感情。

诗曰：

一只爱猫之死
是在一只大瓷缸旁边，
上有中国彩笔绘染
盛开着的蓝花；
赛狸玛那只最乖的斑猫，
在缸边若有所思地斜靠，
注视下面的水洼。

她摇动尾巴表示欢喜；
圆脸庞，雪白的胡须，
丝绒般的足掌，
龟背纹似的毛衣一件，
黑玉的耳朵，翡翠的眼，
她都看到；呜呜地赞赏。

她不停地注视；水波之间
泳过两个形体美似天仙，
是巡游的女神在水里：
她们的鳞甲用上好颜料漆过

看来是红得发紫的颜色，
在水里闪出金光一缕。

不幸的女神惊奇地看到：
先是一绺胡须，随后是爪，
她几度有动于衷，
她想去抓却抓不到。
哪个女人见了金子不想要？
哪个猫儿不爱鱼腥？

妄想的小姐！她再度地
弓着腰，再度地抓去，
不知距离有多远。
（命运之神在一边坐着笑她。）
她的脚在缸沿上一滑，
她一头栽进了缸里面。

她把头八次探出水面，
咪咪地向各路水神呼唤，
迅速地前来搭救。
海豚不来，海神不管，

仆人、丫鬟都没有听见，

爱猫没有朋友！

此后，美人儿们，莫再受骗，

一失足便是永远的遗憾。

要大胆，也要小心。

引你目眩心惊的五光十色

不全是你们分所应得；

闪闪发亮光的不全是金子！

黑猫公主

白猫王子今年四岁，胖嘟嘟的，体重在十斤以上，我抱它上下楼两臂觉得很吃力，它吃饱伸直了躯体侧卧在地板上足足两尺开外（尾巴不在内）。没想到四年的工夫它有这样长足的进展。高信疆、柯元馨伉俪来，说它不像是猫，简直是一头小豹子。按照猫的寿命年龄，四岁相当于我们人类弱冠之年，也许不会再长多少了吧？

白猫王子饱食终日，吃饱了洗脸，洗完脸倒头大睡。家里没有老鼠可抓，它无用武之地。凭它的嗅觉，它不放过一只蟑螂，见了蟑螂它就紧迫追踪，又想抓又害怕，等到菁清举起苍蝇拍子打蟑螂时，它又怕殃及池鱼藏到一个角落里去了。我们晚间外出应酬，先把它的晚餐备好，鲜鱼一钵，清汤一盂，然后给它盖上一床被毯，或是给它搭一个蒙古包似的帐篷。等我们回家的时候，它依然蜷卧原处。它的那床被毯颇适合它的身材。菁清在一个专卖儿童用品的货柜上选购那被毯的时候，精挑细选，不是嫌大就是嫌小，店员不耐烦地问："几岁了？"菁清说："三岁多。"店员说："不对，不对，三岁这个太小了。”菁清说：“是猫。”店员愣住了，她没卖过猫被。陆放翁《赠粉鼻》诗有句：“问渠何似朱门里，日饱鱼餐睡锦茵。”寒舍不比朱门，但是鱼餐锦茵却是具备了。

白猫王子足不出户，但在江湖上已薄有小名。修漏的工人、油漆的工人、送货的工人，看见猫蹲在门口，时常指着它问：“是白猫王子吧？”我说是，他就仔细端详一番，夸奖几句，猫并不理会，大摇大摆而去。猫若是人，应该说声谢谢。这只猫没有闲事挂心头，应该算是幸福的，只是没有同类的伴侣，形单影只，怕不免寂寞之感。菁清有一晚买来一只泰国猫，一身棕色毛，小脸乌黑，跳跳蹦蹦十分活跃，菁清唤它作“小太妹”。白猫王子也许是以为非我族类其心必异，相处似不投机，双方都常呜呜地吼，做蓄势待发状。虽然是两个恰恰好，双份的供养还是使人不胜负荷。我取得菁清同意，决计把“小太妹”举以赠人。陈秀英的女儿乐滢爱猫如命，遂给她带走了。白猫王子一直是孤家寡人一个。

有一天我们居住的大厦门前有两只小猫光临，一白一黑，盘旋不去，瘦骨嶙峋，蓬首垢面，不知是谁家的遗弃。夜寒风峭，十分可怜。菁清又动了恻隐之心。“我们给抱上来吧？”我说不，家里多两只猫，将要喧宾夺主。菁清一声不响端着白猫王子吃剩的鱼加上一点米饭送到楼下去了。两只猫如饿虎扑食，一霎间风卷残雪，她顾而乐之。于是由一天送鱼一次，而二次，而三次，而且抽暇给两只猫用干粉洁身。我不由自主地也加入了送猫饭的行列。人住十二层楼上，猫在道边门口，势难长久。其中黑的一只，两只大蓝眼睛，白胡须，两排白牙，特别讨人欢喜。好不容易我们给黑猫找到了可以信赖的归宿。我们认识的廖先生，他和他一家人都爱猫，于是菁清把黑猫装在提笼里交由廖先生携去。事后菁清打了两次电话，知道黑猫情况良好，也就放心了。只剩下一只白猫独自卧在门口。看样子它很忧郁，突然失去伴侣当然寂寞。

事有凑巧，不知从哪里又来了一只小黑猫。这只小黑猫大概出生有六个月，看牙齿就可以知道。除了浑身漆黑之外，四爪雪白，胸前还有一块白斑，据说这种猫名为“踏雪寻梅”，还蛮有名堂的。又有人说，本地有些人认为黑猫不吉利。在外国倒是有此一说，以为黑猫越途，不吉。埃德加·爱伦·坡有一篇恐怖小说，题名就是《黑猫》，这篇小说我没读过，不知黑猫在里面扮的是什么角色。无论如何白猫又有了伴侣，我们楼上楼下一天三次照旧喂两只猫，如是者约两个星期。

有一夜晚，菁清面色凝重地对我说：“楼下出事了！”我问何事惊慌，她说据告白猫被汽车压死了。生死事大，命在须臾，一切有情莫不如此，但是这只白猫刚刚吃饱几天，刚刚洗过一两次，刚刚失去一黑猫又得到一黑猫为伴，却没来由地粉身碎骨死在车轮之下！我半晌无语，喉头好像有哽结的感觉。缘尽于此，没有说的。菁清又徐徐地说：“事已至此，我别无选择，把小猫抱上来了。”好像是若不立刻抱上来，也会被车碾死。在这情形之下，我也不能反对了。

“猫在哪里？”

“在我的浴室里。”

我走进去一看，黑暗的角落里两只黄色的亮晶晶的眼睛在闪亮，再走近看，白须、白下巴颏儿、白爪子，都显露出来了。先喂一钵鱼，给它压压惊。我们决定暂时把它关在一间浴室里，驯服它的野性，择吉再令它和白猫王子见面。菁清问我：“给它起个什么名字呢？”我想不出。她说：“就叫黑猫公主吧。”

黑猫公主的个性相当泼辣，也相当灵活，头一天夜晚它就钻到藏化妆品的小柜橱里。凡是有柜门的地方它都不放过。我说这样淘气可不行，家里瓶瓶罐罐的东西不少，哪禁得它横冲直撞？菁清就说：“你忘了？白猫王子初来我们家不也是这样吗？”她的意思是，慢慢管教，树大自直。要使这黑猫长久居留，菁清有进一步的措施，给公主做体格检查。兽医辜泰堂先生业务极忙，难得有空出来门诊，可是他竟然肯来。在他检查之下，证明黑猫公主一切正常，临行时给它打了两针预防霍乱之类的药剂。事情发展到此，黑猫公主的户籍就算暂时确定了。它与白猫王子以后是否能够相处得如鱼得水，且待查看再说。

白猫王子九岁

有人问我为什么喜爱猫，我一时答不上来。我们喜爱一件事物，往往不是先有一套理由，然后去爱，即使不是没有理由，也往往是不自觉其理由之所在。不过经人问起，就不免要想出一些理由来支持自己的行为。总不能以“本能”二字来推托得一干二净。

我是爱猫的，凡是小动物大抵都可爱。小就可爱。小鸟依人，自然楚楚可怜，“一飞冲天鸣则惊人”的大鸟，令人叹赏，并不可爱。赢得无数儿童喜爱的大象林旺，恐怕谁也不想领它回家朝夕与共。小也有小的限度，如果小得像赵飞燕之能做掌上舞，那个掌恐怕也不是寻常的掌。不过一般而论，娇小玲珑总胜似高头大马。猫，体态轻盈，不大不小，不像一只白象，也不像一只老鼠，它可以和人共处一室之内，它可以睡在椅上，趴在桌上，偎在人的怀里，枕在人的腿上。你可以抱它、摸它、搔它、拍它；它不咬人，也不叫唤，只是喉咙里呜噜呜噜地作响。叫春的声音是不太好听，究竟是有季节性的，并不一年到头随时随刻“关关雎鸠”。猫有一身温柔泽润的毛，像是不分寒暑永远披在身上的一件皮袍，摸上去又软又滑，就像摸什么人身上穿的一件貂裘似的。

白猫王子初来我家，身不盈尺，栗栗危惧，趴在沙发底下不敢出来，如今长得大腹便便，夷然自若，周旋于宾客之间。时间过得真快，猫犹如此，人何以堪？它现在是有一点老态。据我看，它的健身运动除了睡醒弓身做骆驼状之外，就是认定沙发的几个角柱狠命地抓挠、磨它的爪子，日久天长，把沙发套抓得稀巴烂，把里面的沙发面也抓得稀巴烂，露出了里面装的败絮之类。不捉老鼠，磨爪做啥？也许这就是它的运动。有的人家知道猫的本性难移，索性在它磨砺以须的地方挂上一块皮子。我家没有此项装备，由它去抓。猫一生能抓破几套沙发？

日本人好像很爱猫，去年一部电影《子猫物语》掀起一阵爱猫风潮之后，银座一家百货公司举行“世界猫展”。不消说，埃及猫、南美猫、波斯猫、日本猫全登场了。最有趣的是，不知是过度的自尊感还是自卑感在作祟，硬把日本猫推为第一，并且名之为“日本第一”。我看它的那副尊容，长毛大眼，短腿小耳，怕不是什么纯种。不过我也承认那只猫确是很好看。白猫王子不以色事人，我也不会要它抛头露面地参加展览。它只是一只地地道道的台湾土猫。老早有人批评，说它头太小，体太大，不成比例。我也承认它没有什么三围可夸。它没有波斯猫的毛长，也没有泰国猫的毛细。但是它伴我这样久，我爱它，虽世界第一的名猫不易也。

今天是白猫王子九岁生日，循例为文祝它长寿。

蚊子与苍蝇

我家里人口众多。除了我和我的太太，还有一名娘姨以外，有几千几百只的苍蝇，有几千几百只的蚊子。苍蝇、蚊子和我们很亲近，苍蝇和我们亲近的时候在早晨，蚊子和我们亲近的时候在夜里。所以我们可以很从容地和他们周旋。一缕阳光从窗子射到我太太的脸上，随后就有一只苍蝇不远千里而来，绕床三匝，不晓得在何处栖止才好，我蜷卧床头，静以待变。只见这只苍蝇飞去飞来，嗡嗡有声，不偏不倚地正正落在我太太的鼻尖上。太太的上嘴唇翕动了一下，我揣测她的意思，大概是表示她的鼻尖是有感觉的。那只苍蝇也有本领，真禁得起震动，抖抖翅膀，仍然高踞在鼻尖上。假使苍蝇能老老实实在鼻尖上占一席地，我的太太夙来是很有度量的，未曾不可以和他相安无事。无奈那只苍蝇，动手动脚地东搔西挠。太太着实不耐烦，只能伸出手来，加以驱除。太太的鼻尖，像有吸引力一般，苍蝇飞起来绕了几个圈子，仍然归到原处。如是者数次。假使苍蝇肯换一个地方，太太或者也可以相当容忍。她忍不住了，把头钻到被里去。苍蝇甚觉得没趣，搭讪着又来和我亲近。

物以类聚，一点也不错。苍蝇的合群心恐怕要在我们中国人以上。记得小时候唱过一个《苍蝇歌》，内中的警句是："一个苍蝇嘤嘤嘤，两个苍蝇嗡嗡嗡，一群苍蝇轰轰轰！"苍蝇的音乐，的确是由清悠以渐至于雄壮。当其嘤嘤的时候，我便从梦中醒来，侧耳而听，等到嗡嗡的时候，我便翻过身去，想在较远的地方去听，到了轰轰的时候，我便兴奋得由床上跳起来了。音乐感人之深，不亦伟哉！

过了一天非人的生活了，到了夜晚想做一件人做的事，睡觉。但是，不忙睡，宝贝的蚊子来了。蚊子由来访以至于兴辞，双方的工作不外下列几种：（一）蚊子奏细乐；（二）我挥手致敬；（三）乐止；（四）休息片刻；（五）是我不当心，皮肤碰了蚊子的嘴，奇痛；（六）蚊子奏乐；（七）我挥手送客；（八）我痒；（九）我抓；（十）我还痒；（十一）我还抓；（十二）出血；（十三）我睡着了。睡着以后，双方仍然工作，但稍简单一些，前四段工作一概豁免。清晨醒来，察视一夜工作的痕迹，常常发现腿部做玉蜀黍状，一粒一粒地凸起来。有时候面部略微改变一点形状，例如嘴唇加厚，鼻梁增高。有时工作过度，面部一块白一块红的，做豆沙粽子状。据脑经（筋）灵敏的人说，若做一床帐子，则蚊子与苍蝇自然可以不做入幕之宾，有用的精神也可以不用在与蚊蝇亲近了。但我已和太太商量就绪，在下月发薪以前，无论如何，我们仍然要保持大国民的态度，对蚊蝇绝不排斥。

群芳小记

“老子爱花成癖”，这话我不敢说。爱花则有之，成癖则谈何容易。需要有一块良好的场地，有一间宽敞的温室，有各种应用的器材。更重要的是有健壮的体格和充分的闲暇。我何足以语此？好不容易我有了余力，有了闲暇，但是曾几何时，人垂垂老矣！两臂乏力，腰不能弯，腿不能蹲。如何能够剪草、搬盆、施肥、换土？请一位园丁，几天来一次，只能帮做一点粗重的活。而且花是要自己亲手培养，看着它抽芽放蕊，才有趣味。像鲁迅所描写的“吐两口血，扶着丫鬟，到阶前看秋海棠”，那能算是享受吗？

迁台以来，几度播迁，看到了不少可爱的花。但是我经过多少次的移徙后，“乔迁”上了高楼，竟没有立锥之地可资利用，种树莳花之事乃成为不可能。不得已，只好寄情于盆栽。幸而菁清爱花有甚于我者，她拓展阳台安设铁架，常不惜长途奔走载运花盆、肥土，戴上手套做园艺至于忘寝废食。如今天晴日丽，我们的窗前绿意盎然。尤其是她培植的“君子兰”由一盆分为十余盆，绿叶黄花，葳蕤多姿。

我常想起黄山谷的句子：“白发黄花相牵挽，付与旁人冷眼看。”

菁清喜欢和我共同赏花，并且要我讲述一些有关花木的见闻，爰就记忆所及，拉杂记之。

一、海棠

海棠的风姿艳质，于群芳之中颇为突出。

我第一次看到繁盛缤纷的海棠是在青岛的第一公园。民国二十年春，值公园中樱花盛开，夹道的繁花如簇，交叉蔽日，蜜蜂嗡嗡之声盈耳，游人如织。我以为樱花无色无香，纵然蔚为雪海，亦无甚足观，只是以多取胜。徘徊片刻，乃转去苗圃，看到一排排西府海棠，高及丈许，而花枝招展，绿鬓朱颜，正在风情万种、春色撩人的阶段，令人有忽逢绝艳之感。

海棠的品种繁多，以“西府”为最胜，其姿态在“贴梗”“垂丝”之上。最妙处是每一花苞红得像胭脂球，配以细长的花茎，斜欹挺出而微微下垂，三五成簇。凡是花，若是紧贴在梗上，便无姿态，例如茶花，好的品种都是花朵挺出的。樱花之所以无姿态，便是因为无花茎。榆叶梅之类更是品斯下矣。海棠花苞最艳，开放之后花瓣的正面是粉红色，背面仍是深红，俯仰错落，浓淡有致。海棠的叶子也陪衬得好，嫩绿光亮而细致，给人整个的印象是娇小艳丽。我立在那一排排的西府海棠前面，良久不忍离去。

十余年后我才有机会在北平寓中垂花门前种植四棵西府海棠，

着意培植，春来枝枝花发，朝夕品赏，成为毕生快事之一。明初诗人袁士元和刘德彝《海棠》诗有句云：“主人爱花如爱珠，春风庭院如画图。”似此古往今来，同嗜者不在少。两蜀花木素盛，海棠尤为著名。昌州（今大足县）且有“海棠香国”之称。但是杜工部经营草堂，广栽花木，独不及海棠，诗中亦不加吟咏，或谓避母讳，不知是否有据。唐诗人郑谷《蜀中赏海棠》诗云：“浓淡芳春满蜀乡，半随风雨断莺肠，浣花溪上堪惆怅，子美无心为发扬。”其言若有憾焉。

以海棠与美人春睡相比拟，真是联想力的极致。《唐书·杨贵妃传》：“明皇登沉香亭，召杨妃，妃被酒新起，命力士从侍儿扶掖而至。明皇笑曰：‘此真海棠睡未足耶？’”大概是海棠的那副懒洋洋的娇艳之状像是美人春睡初起。究竟是海棠像美人，还是美人像海棠，倒是一个有趣的问题。苏东坡一首《海棠》诗有句云：“林深雾暗晓光迟，日暖风清春睡足。”是把海棠比作美人。

秦少游对于海棠特别感兴趣。宋释惠洪《冷斋夜话》：“少游在横州，饮于海棠桥，桥南北多海棠，有老书生家于海棠丛间。少游醉宿于此，明日题其柱云：‘唤起一声人悄，衾暖梦寒窗晓。瘴雨过，海棠开，春色又添多少。社瓮酿成微笑，半破瘿瓢共舀。觉倾倒，急投床，醉乡广大人间小。’”家于海棠丛中，多么风流！少游醉后题词，又是多么潇洒！少游家中想必也广植海棠，因为同为苏门四学士的晁补之有一首《喜朝天》，注“秦宅海棠作”，有句云：“碎锦繁绣，更柔柯映碧，纤匀股。谁与将红间白。采熏笼，仙衣覆斑斓。如有意，浓妆淡抹，斜倚阑干。”刻画得淋漓尽致。

二、含笑

白朴的曲子《广东原》有这样的一句：“忘忧草，含笑花，劝君闻早宜冠挂。”以忘忧草（萱草）与含笑花作对，很有意思。大概是语出欧阳修《归田录》：“丁晋公在海南，篇咏尤多，如：‘草解忘忧忧底事，花名含笑笑何人？’尤为人所传诵。”含笑花是什么样子，我从未见过，因为它是南方花木，北地所无。

我来到台湾之后十年，开始经营小筑，花匠为我在庭园里栽了一棵含笑。是一人来高的灌木，叶小枝多，毫无殊相。可是枝上有累累的褐色花苞，慢慢长大，长到像莲实一样大，颜色变得淡黄，在燠热湿蒸的天气中，突然绽开。不是突然展瓣，是花苞突然裂开小缝，像是美人的樱唇微绽，一缕浓烈的香气荡漾而出。所以名为含笑。那香气带着甜味，英文俗名称之为“香蕉灌木”（banana shrub），名虽不雅，确是贴切。宋人陈善《扪虱新话》：“含笑有大小，小含笑香尤酷烈。四时有花，唯夏中最盛。又有紫含笑、茉莉含笑。皆以日夕入稍阴则花开。初开香尤扑鼻。予山居无事，每晚凉坐山亭中，忽闻香风一阵，满室郁然，知是含笑开矣。”所记是实。含笑易谢，不待隔日即花瓣敞张，露出棕色花心，香气亦随之散尽，落花狼藉满地。但是翌日又有一批花苞绽开，如是持续很久。淫雨之后，花根积水，遂渐呈枯零之态。急为它垫高地基，盖以肥土，以利排水，不久又欣欣向荣，花苞怒放了。

大抵花有色则无香，有香则无色。不知是否上天造物忌全？含笑异香袭人，而了无姿色，在群芳中可独树一格。宋人姚宽《西溪丛语》载“三十客”之说，品藻花之风格，其说曰：“牡丹，贵客。梅，清客。李，幽客。桃，妖客。杏，艳客。莲，溪客。木樨，严客。海棠，蜀客。……含笑，佞客。……”含笑竟得佞客之名，殊难索解。佞有伪善或谄媚之意。含笑芬芳馥郁，何佞之有？我对于含笑特有一份好感，因为本地人喜欢采择未放的含笑花苞，浸以净水，供奉在亡亲灵前或佛龛案上，一瓣心香，情意深远，美极了。有一位送货工友，在我门外就嗅到含笑香，向我乞讨数朵，问以何用，答称新近丧母，欲以献在灵前，我大为感动，不禁鼻酸。

三、牡丹

牡丹不是我国特产，好像是传自西方。隋唐以来，始盛播于中土，朝野为之风靡。天宝中，杨贵妃在沉香亭赏木芍药，李白作清平乐词三章，有“云想衣裳花想容”之句。木芍药即牡丹。百年之后，裴度退隐，“寝疾永乐里，暮春之月，忽过游南园，令家仆童升至药栏，语曰：‘我不见花而死，可悲也。’怅然而返。明早报牡丹一丛先发，公视之，三日乃薨”。是真所谓牡丹花下死。白居易为钱塘守，携酒赏牡丹，张祜题诗云：“浓艳初开小药栏，人人惆怅出长安。风流却是钱塘守，不踏红尘看牡丹。”刘禹锡赏牡丹诗：“唯有牡丹真国色，花开时节动京城。”其他诗人吟咏牡丹者不计其数。

周敦颐《爱莲说》：“自李唐来，世人甚爱牡丹。……牡丹，花之富贵者也。……牡丹之爱宜乎众矣。”濂溪先生独爱莲，这也罢了，但是字里行间对于牡丹似有贬意。国色天香好像蒙上了羞。富贵中人和向往富贵的人当然仍是趋牡丹如鹜。许多志行高洁的人就不免要受《爱莲说》的影响，在众芳之中别有所爱而讳言牡丹了。一般人家里没有药栏，也没有盆栽的牡丹，但至少壁上可以悬挂一幅富贵花图。通常是一画就是五朵，而且颜色不同，魏紫姚黄之外再加上绛色的、粉红色的和朱红色的。据说这表示五世其昌。五朵花都是同时在盛开怒放的姿态之中，花蕊暴露，而没有一瓣是萎腰褪色的。同时，还必须多画上几个含苞待放的蓓蕾，表示不会断子绝孙。因此牡丹益发沾染了俗气。

其实，牡丹本身不俗。花大而瓣多，色彩淡雅，黄蕊点缀其间，自有雍容丰满之态。其质地细腻，不但花瓣的纹路细致，而且厚薄适度。叶子的脉理停匀，形状色彩，亦均秀丽可观。最难得的是其近根处的木本，在泡松的木干之中抽出几根，透润的枝条，极有风致。比起芍药不可同日而语。尝看恽南田工笔画的没骨牡丹，只觉其美，不觉其俗，也许因为他不是画给俗人看的。

名花多在寺院中，除了庄严佛土，还可吸引众生前去随喜。苏东坡知杭州，就常到明庆寺、吉祥寺赏牡丹，有诗为证。《雨中明庆寺赏牡丹》：“霏霏雨露作清妍，烁烁明灯照欲然。明日春阴花未老，故应未忍着酥煎。”末句有典故，五代后蜀有一兵部，贰卿李昊，牡丹开时分赠亲友，附兴采酥，于花谢时煎食之。牡丹花瓣裹上面糊，下油煎之，也许有一股清香的味道，犹之菊花可以下火锅，不过究竟有些煞风景。北平崇孝寺的牡丹是有名的，据说也有所谓名士在那里吃油炸牡丹花瓣，饱尝异味。崂山的下清寺，有牡丹高与檐齐，可惜我几度游山不曾有一见的机会。

牡丹娇嫩，怕冷又怕热。东坡说：“应笑春风木芍药，丰肌弱骨要人医。”我在故乡曾植牡丹一栏，天寒时以稻草束之，一任冰雪埋覆，来春启之施肥，使根干处通风，要灌水但是也要宜排水。届时花必盛开，似不需特别调护。在台湾亦曾参观过一次牡丹展，细小羸弱，全无妖妍之致，可能是时地不宜。

四、莲

《古乐府》：“江南可采莲，莲叶何田田。”不只江南可采莲，凡是有水的地方，大概都可以有莲，除非是太寒冷的地方。“曲院荷风”是西湖十景之一。南京玄武湖里一片荷花，多少人在那里荡小舟，钻进去偷吃莲蓬。可是莲花在北方依然是常见的，济南的大明湖，北平的什刹海，都是暑日菡萏敷披风送荷香的胜地，而北海靠近金鳌玉一带的荷芰，在炎夏时候更是青年男女闹舡寻幽谈爱的好地方。

初来台湾，一日忽动乡思，想吃一碗荷叶粥，而荷叶不可得。市内公园池塘内有莲花，那是睡莲，非我所欲。后来看到植物园里有一相当大的荷塘，近边处的花和叶都已被人推折殆尽。有一天去郊游，看见稻田中居然有一塘荷花，停身觅主人请购荷叶，主人不肯收资，举以相赠。回家煮粥，俟熟乘沸以荷叶盖在上面，少顷粥现淡绿色，有香气扑鼻。多余的荷叶弃之可惜，实以米粉肉，裹而蒸之，亦有情趣。其实这也是类似莼鲈之思，慰情聊胜于无而已。

小时家里种了好几大盆荷花。春水既泮，便从温室取出置阳光下，截除烂根细藕，换泥加水，施特殊肥料（车厂出售之修马掌、骡掌的角质碎片）。到了夏初，则荷叶突出，荷花挺现，不及池塘里的高大，但亦丰腴可喜。清晨露尚未晞，露珠在荷叶上滚来滚去。静看荷花展瓣，瓣上有细致的纹路，花心露出淡黄的花蕊和秀嫩的莲房，有一股说不出的纯洁之致。而微风过处，茎细而圆大的荷叶，微微摇晃，婀娜多姿，尤为动人。陈造《早夏》诗："凉荷高叶碧田田。"画家写风竹，枝叶披拂，令人如闻风飕飕声，但我尚未见有人画出饶有动态的风荷。

先君甚爱种荷。晨起辄徘徊荷盆间，计数其当日开放之花朵，低吟慢唱，自得其乐。记得有一次折下一枝半开的红莲插入一只仿古蟹爪纹细长素白的胆瓶里，送到书房几上。塾师援笔在瓶上写了"出淤泥而不染，濯清涟而不妖"几个大字，犹如俗匠在白瓷茶壶上题"一片冰心"一般。"花如解语还多事"，何况是陈腐的题句？欲其雅，适得其反。

近闻有人提议定莲花为花莲的县花。广植莲花，未尝不好，锡以封号，似可不必。

五、辛夷

辛夷，属木兰科，名称很多，一名新雉，又名木笔，因其花未开时形如毛笔。又名侯桃，因其花苞如小桃，有茸毛。辛夷南北皆有之。王维辋川别墅中即有一处名辛夷坞，有诗为证：“木末芙蓉花，山中发红萼。涧户寂无人，纷纷开且落。”北平颐和园的正殿之前有两棵辛夷，花开极盛，但我一向不曾在花时游览，仅于画谱中略识其面貌。蜀中花事夙盛，大街小巷辄有花户设摊贩花。民国二十八年春，我在重庆，一日踱出中国旅行社招待所，于路隅花摊购得辛夷一大枝，花苞累累有百数十朵，有如杈枝繁多之蜡烛台，向逆旅主人乞得大花瓶一只，注满清水，插花入瓶，置于梳妆台上，台三面有镜，回光交映，一室生春。

辛夷有紫红、纯白两种，纯白者才是名副其实的木笔。而且真像是毛笔头，溜尖溜尖地一个个地笔直地矗立在枝上。细小者如小楷兔毫，稍大者如寸楷羊毫，更大如小型羊毫抓笔。著花时不生叶，赭色枝头遍括白笔头，纯洁无疵，蔚为奇观。花开六瓣，瓣厚而实，晨展而夕收，插瓶六七日始谢尽。北碚后山公园有辛夷数十本，高约二丈，红白相间，非常绚烂，我于偕友登小丘时无意中发现之。其处鲜有人去观赏，花开花谢，狼藉委地，没有人管。

美国西雅图市，家家户前芳草如茵，莳花种树，一若争奇斗艳。

于篱落间偶然亦可见有辛夷杂于其内。率皆修剪其枝干不令过高。我的寄寓之所，院内也有一棵，而且是不落叶的那一种，一年四季都有绿叶，花开时也有绿叶扶持。比较难于培植，但是花香特别浓郁。有一次我发现一只肥肥大大的蜜蜂卧在花心旁边，近视之则早已僵死。杜工部句："不是爱花即欲死，只恐花尽老相催。"这只蜜蜂莫非是爱花即欲死？

来到台湾，我尚未见过辛夷。

六、水仙

岁朝清供，少不得水仙。记得小时候，一到新春，家人就把大大小小的瓷钵搬了出来，连同里面盛着的小圆石子一起洗刷干净，然后一钵钵地把水仙的鳞茎栽植其中，用石子稳定其根须，注以清水，置诸案头。那些小圆石子，色洁白，或椭圆，或略扁，或大或小，据说是产自南京的雨花台。多少年下来，雨花台的石子被人捡光了，所以家藏的几钵石子就很宝贵。好像比水仙还更被珍惜。为了点缀色彩，石子中间还撒上一些碎珊瑚，红白相间，别有情趣。

水仙一花六瓣，做白色，花心副瓣，做黄色，宛然盏样，故有"金盏银台"之称。它怕冷，需要阳光。我们把它放在窗内有阳光处去晒它，它很快地展瓣盛开。天天搬来搬去，天天换水，要小心地伺候它。它有袭人的幽香，它有淡雅的风致。虽是多年生草本，但北地苦寒难以过冬，不数日花开花谢，只得委弃。盛产水仙之地在闽南，其地有专家培植修割，及春则运销各地供人欣赏。英国十七世纪诗人赫立克（Herrick）看了水仙（narcissus）辄有春光易老之叹，他说：

人生苦短，和你一样，
我们的春天一样的短；
很快地长成，面临死亡，
和你，和一切，没有两般。

We have short time to stay, as you,
We have as short a spring;
As quick a growth to meet decay,
As you, or anything.

西方的水仙，和我们的品种略异，形色完全一样，而花朵特大，唯香气则远逊。他们不在盆里供养，而是在湖边泽地任其一大片一大片地自由滋生。诗人华兹华斯有一首名诗《我孤独地漫游，像一朵云》，歌咏的就是水边瞥见成千成万朵的水仙花，迎风招展，引发诗人一片欢愉之情而不能自已，而他最大的快乐是日后寂寞之时回想当时情景益觉趣味无穷。我没有到过英国的湖区，但是我在美洲若干公园里看见过成片的水仙，仿佛可以领略到华兹华斯当年的感受。不过西方人喜欢看大片的花丛，我们的文人雅士则宁可一株、一枝、一花、一叶地细细观赏，黄山谷所云“坐对真成被花恼”，情调完全不同（《离骚》中有“既滋兰之九畹兮，又树蕙之百亩”，我想是想象之词，不可能真有其事）。

在台湾，几乎家家户户有水仙点缀春景。植水仙之器皿，花样翻新，奇形怪状，似不如旧时瓷钵之古朴可爱，至于粗糙碎石块代替小圆石，那就更无足论了。

七、丁香

提起丁香，就想起杜甫一首小诗：

丁香体柔弱，乱结枝犹垫。
细叶带浮毛，疏花披素艳。
深栽小斋后，庶使幽人占。
晚堕兰麝中，休怀粉身念。

这是他的《江头五咏》之一，见到江畔丁香发此咏叹。时在宝应元年。诗中的“垫”字费解。仇注根据说文：“垫，下也。凡物之下坠皆可云垫。”好像是说丁香枝弱，故此下坠。施鸿保《读杜诗说》：“下堕义，与犹字不合。今人常语衬垫，若训作衬，则谓子结枝上，犹衬垫也。”施说有见地。末两句意义嫌晦，大概是说丁香可制为香料，与兰麝同一归宿，未可视为粉身碎骨之厄。仇注认为是寓意“身名隳于脱节”，《杜臆》亦谓：“公之咏物，俱有为而发，非就物赋物者。……丁香体虽柔弱，气却馨香，终与兰麝为偶，虽粉身甘之，此守死善道者。”似皆失之迂。

丁香结就是丁香蕾，形如钉，长三四分，故云丁香。北地俗人以为丁钉同音，出出入入地碰钉子，不吉利，所以正院堂前很少种丁香，只合“深栽小斋后”了。民国二十四年春我在北平寓所西跨院里种了四棵紫丁香。“白菡萏香，紫丁香肥。”丁香要紫的。起初只有三四尺高。十年后重来旧居，四棵高大的丁香打成一片，一半翻过了墙垂到邻家，一半斜坠下来挡住了我从卧室走到书房的路。这跨院是我的小天地，除了一条铺砖的路和一个石几，两个石礅之外，本来别无长物，如今三分之二的空间付与了丁香。春暖花开的时候招蜂引蝶，满院香气四溢，尽是嘤嘤嗡嗡之声。又隔三十年，现在丁香如果无恙，不知谁是赏花人了。

八、兰

兰花品种繁多。所谓洋兰（卡特丽亚），顾名思义是外国来的品种，尽管花朵大，色彩鲜艳，我总觉得我们应该视如外宾，不但不可亵玩，而且不耐长久观赏。我们看一朵花，还要顾及它在我们文化历史上的渊源，这样才能引起较深的情愫。看花要如遇故人，多少旧事一齐兜上心来。在台湾，洋兰却大得其道，花展中姹紫嫣红，大半是洋兰的天下，态浓意远的丽人出入“贵宾室”中，衣襟上佩戴的也多半是洋兰。我喜欢品赏的是我们中国的兰。

我是北方人，小时不曾见过兰。只从芥子园画谱上学得东一撇西一撇地画成为一个凤眼，然后再加一笔破凤眼。稍长，友人从福建捧着一盆兰花到北平，不但真的是捧着，而且给兰花特制一个木条笼子，避免沿途磕碰。我这才真的见到了兰，素心兰。这个名字就雅，令人想起陶诗的句子“闻多素心人，乐与数晨夕”。花心是素的，花瓣也是素的，素白之中微泛一点绿意。面对素心兰，不禁联想到“弱不好弄，长实素心”的高士。兰的香味不是馥郁，是若有若无的缕缕幽香。讲到品格，兰的地位极高。我们常说“桂馥兰熏”，其实桂香太甜太浓，尚不能与兰相比。

来到台湾，我大开眼界。友人中颇有几位善于艺兰，所以我的窗前几上，有时候叨光也居然兰蕊驰馨。尝有客款扉，足尚未入户，就大叫起来：“君家有素心兰耶？”这位朋友也是素心人，我后来给他送去一盆素心兰。我所有的几盆兰，不数年分植为数十盆，乃于后院墙角搭起一丈见方的小棚，用疏隔的竹篾遮覆以避骄阳直晒，竹篾上面加铺玻璃以防淫雨，因此还招致了“违章建筑”的罪名，几乎被报请拆除。竹篾上的玻璃引起了墙外行人的注意，不久就有半大不小的各色人物用砖石投掷，大概是因为玻璃破碎之声清脆悦耳之故。小棚因此没有能持久，跟着我的数十盆兰花也渐渐地支离破碎了。和我望衡对宇的是胡伟克先生，我发现他家里廊上、阶前、墙头、树下，到处都是兰花，大部分是洋兰，素心兰也有，而且他有一间宽大的温室，里面也堆满了兰花。胡先生有一只工作台子，上面放着显微镜，他用科学方法为兰花品种做新的交配，使兰花长得更肥，色泽更为鲜艳多姿。他的兰花在千盆以上。我听他的夫人抱怨："为了这些劳什子，我的手指都磨粗了。"我经常看见一车一车的盛开的兰花从他门前运走。他的家不仅是芝兰之室，真是芝兰工厂。

兰本来是来自山间，有苔藓覆根，雨露滋润，不需要什么肥料。移在盆里，他所需要的也只是适量的空气和水，盆里不可用普通的泥土，最好是用木炭、烧过的黏土、缸瓦碎片三种的混合物，取其通空气而易排水。也有人主张用砂、桂圆树皮、蛇木屑、木炭、碎石子混拌，然后每隔三个月用（NH_4）$_2SO_4$+KCl液羼水喷洒一次。叶子上生虫也需勤加拂拭。总之，兰来自幽谷，在案头供养是不大自然的，要小心伺候了。

九、菊

花事至菊而尽，故曰蘜，蘜是菊之本字。蘜者，尽也。"兰有秀兮菊有芳，怀佳人兮不能忘。"这是汉武帝看着时光流转，自春徂秋，由花事如锦到花事阑珊，借着秋风而发的歌咏。菊和九月的关系密切，故九月被称为菊月，或称为菊秋，重阳日或径称为菊节。是日也，饮菊花茶，设菊花宴，还可以准备睡菊花枕，百病不生，平夙饮菊潭水，可以长生到一百多岁。没有一种花比菊花和人的关系打得更火热。

自从陶渊明"采菊东篱下"之后，菊就代表一种清高的风格，生长在篱笆旁边，自然也就带着几分野趣。吕东莱的句子“短篱残菊一枝黄，正是乱山深处过重阳”，是很好的写照。经人工加意培养，菊好像是变了质。宋《乾淳岁时记》：“禁中例，于八日作重九，排当于庆瑞殿，分列万菊，灿然炫眼，且点菊灯，略如元夕。”这是在殿堂之上开菊展，当然又是一种情况。

菊是多年生草本，摘下幼枝插在土里就能活。曩昔在北平家园中，一年之内曾蕃殖数十盆，竟以秽恶之粪土培养之，深觉戚戚然于心未安。幼苗长大之后，枝弱不能挺立，则树细竹竿或秸秫以为支撑，并标以红纸签，写上“绿云”“紫玉”“蟹爪”“小白梨”……奇奇怪怪的名称。一盆一盆地放在“兔儿爷摊子”上（一排比一排高的梯形架），看上去一片花朵，闹则闹矣，但是哪能令人想到一丝一毫的“元亮遗风”？

台湾艺菊之风很盛，但是似乎不取其清瘦，而爱其痴肥。每一盆菊都修剪成独花孤挺，叶子的正面反面经常喷药，讲究从根到顶每片叶子都是肥大绿光，顶上的一朵花盛开时直像是特大的馒头一个，胖胖大大的，需要铁丝做盘撑托着它。千篇一律，朵朵如此，当然是很富态相。“帘卷西风，人比黄花瘦”，那时的黄花，一定不像如今的这样肥。

十、玫瑰

玫瑰，属蔷薇科。唐朝有一位徐夤，作过一首咏玫瑰的诗：

芳菲移自越王台，最似蔷薇好并栽，
秾艳尽怜胜彩绘，嘉名谁赠作玫瑰？
春成锦绣风吹折，天染琼瑶日照开。
为报朱衣早邀客，莫教零落委苍苔。

诗不见佳，但是让我们知道在唐朝玫瑰即已成了吟咏的对象。《群芳谱》说："花亦类蔷薇，色淡紫，青橐黄蕊，瓣末白，娇艳芬馥，有香有色，堪入茶、入酒、入蜜。"这玫瑰，是我们固有品种的玫瑰，花朵小，红得发紫，香味特浓。可以熏茶，可以调酒（玫瑰露），可以做蜜汁（玫瑰木樨）。娇小玲珑，惹人怜爱。玫瑰多刺，被人视若蛇蝎，其实玫瑰何辜，他本不预备供人采摘。《三十客》列玫瑰为"刺客"，也是冤枉的。

外国的蔷薇品种不一，亦统称为玫瑰。常见有高至五六尺以上者，俨然成一小树，花朵肥大，除了深绯、浅红者外，还有黄色的，别有风致。也有蔓生的一种，沿着篱笆墙壁伸展，可达一两丈外。白色的尤为盛旺。我有朋友蛰居台中，莳花自遣，曾贻我海外优良品种之玫瑰数本，我悉心培护，施以舶来之"玫瑰食粮"，果然绰约妩媚不同凡响，不过气候、土壤皆不相宜，越年逐渐凋萎。园林有玫瑰专家，我曾专诚探访，畦圃广阔，洋洋大观，唯几乎全是外来品种，绚烂有余，韵味不足。求其能入茶、入酒、入蜜者，竟不可得，乃废然返。

四君子

梅、兰、竹、菊，号称花中四君子，其说始于何时，创自何人，我不大清楚。集雅斋梅、竹、兰、菊四谱，小引云：“文房清供，独取梅、竹、兰、菊四君者，无他，则以其幽芬逸致，偏能涤人之秽肠而澄莹其神骨。”四君子风骨清高固无论已，但是初学花卉者总是由此入手，记得幼时模拟芥子园画谱就是面对几页梅、兰、竹、菊而依样画葫芦，盖取其格局笔路比较简单明了容易下笔。其中有多少幽芬逸致，彼时尚难领略。最初是画梅，我根本不曾见过梅花树，细枝粗杆，勾花点蕊，辄沾沾自喜，以为暗香疏影亦不过如是，直到有一位朋友给我当头一棒：“吾家之犬，亦优为之。”从此再也不敢动笔。兰花在北方是少见的，我年轻时只见过一次，那是有人从福建“捧”到北方来的一盆素心兰，放在女主人屋角一只细高的硬木架上，居然抽茎放蕊，听说有幽香盈室（我闻不到），我只看到乱蓬蓬的像是一丛野草。竹子倒不大稀罕，不过像林处士所谓“竹树绕吾庐，清深趣有余”，对我而言一直是想象中的境界。所以竹雨是什么样子，竹香是什么味道，竹笑是什么神情，我都不大了解。有人说："喜写兰，怒写竹。"这话当然有道理，但我有喜怒却没有这种起升华作用的才干。至于菊，直是满坑满谷，何处无之，难得在东篱下遇见它而已。近日来艺菊者往往过分溺爱，大量催肥，结果是每个枝头顶着一个大馒头，帘卷西风，花比人痴胖！这时候，谁还要为它写生？

我年事渐长，慢慢懂了一点道理，四君子并非是浪博虚名，确是各自有它的特色。梅，剪雪裁冰，一身傲骨；兰，空谷幽香，孤芳自赏；竹，筛风弄月，潇洒一生；菊，凌霜自得，不趋炎热。合而观之，有一共同点，都是清华其外，淡泊其中，不作媚世之态。画，不是纯技术的表现，画的里面有韵味，画的背后有个人。画家的胸襟风度不可避免地会流露在画面之上。我尝以为，唯有君子才能画四君子，才能恰如其分地表达出四君子的风骨。艺术，永远是人性的表现。唯有品格高超的人才能画出趣味高超的画。

刘延涛先生的《四君子图》，我认为实在是近年来罕见的精品，是四幅水墨画，不但画好，诗书也配合得好，看得出来是趁墨汁未干时就蘸着余墨题诗，一气呵成，墨色匀称。诗、书、画，浑然成为一体。四君子加上画家，应该是五君子了。画成于一九六三年、一九六四年间，我最初记得是在七友画展中见到的，印象极深。如今张在壁上，我乃能朝夕相对，令人翛然心远，俗虑顿消。画的题识是这样的：

最是傲霜菊亦残，更无雁字报平安，
少年意气消沉尽，自写梅花共岁寒。

故园清芬久寂寞，滋兰九畹不为多，
殷勤护得灵根旧，我欲飞投向汨罗。

高节临风夏亦寒，虚心阅世始能安，
于今渐悟修身法，日日砚前种万竿。

篱下寄居非得计，瓶中供养更堪哀，
何如大野友寒翠，迎接霜风次第开。

山杜鹃

山杜鹃，英文作rhododendron，字首rhodo表“玫瑰”之意，字尾dendron表“树”之义，故亦可译作“玫瑰树”，事实上这植物开花时节真是花团锦簇，而躯干修伟，可达三十几英尺之高，蔚为壮观，称之为树亦甚相宜。是石南属常青灌木之一，叶子是互生的，春夏之交枝端绽出色彩鲜艳的伞状花，光彩照眼，如火如荼。花的颜色种类繁多，有红的、白的、粉红的、淡紫的，浓淡深浅各极其致。品种也很多，据说马来群岛、澳洲北部、中国高山及喜马拉雅山上都有分布。可是我从来没有看见过它。我们在四月底匆匆就道，就是生怕误了这个花季。

还好，我们到达西雅图，正赶上这个花季的尾声。这种花，华盛顿州引以自傲，奉为州花，其实西维吉尼亚州也是视为州花的。西雅图地处美国的西北角，在太平洋的边缘，在冬天有暖风向西南吹，在夏天有阿拉斯加海湾的冷气从西北方袭来，所以终年不冷不热，不湿不燥，正适于山杜鹃的生长。市区本身约九十平方英里，人口五十多万人（包括郊区则有一百一十多万人），和许多其他地方比较起来称得上是地广人稀。美国的住宅方式和我们的不同，他们好像是不喜欢围墙，每家门外都是或大或小的花园，一片草地，几堆花丛，家与家之间偶然也有用矮矮的篱笆隔离的，但是永远遮不住行人的视线，那万紫千红争奇斗妍好像是有意邀行人的注目。西雅图是建立在七座山头之上，全市的地势都是上上下下，我们住的地方有高屋建瓴之势，所以我从窗户望出去，到处是花树扶疏，蓊蓊郁郁。山杜鹃好像是每家都有几棵，或栽在房檐下，或植在草地中间，或任其在路边生长。我清晨散步，逐户欣赏那无数的山杜鹃，好像都在对着我笑。这里住家的主人主妇，在整理庭园上谁也不甘落后，你剪草地，我施肥，你拔莠草，我浇水，大概就是为了赢得行人一声赞叹吧。人与人，家与家……本来何必要隔上那么一堵墙？我译过一首美国诗人弗罗斯特的诗，不禁想起了它：

补墙

有一点什么，它大概是不喜欢墙，
它使得墙脚下的冻地涨得隆起，
大白天的把墙头石块弄得纷纷落；
使得墙裂了缝，二人并肩都走得过。
士绅们行猎时又是另一番糟蹋：
他们要掀开每块石头上的石头，

我总是跟在他们后面去修补，
但是他们要把兔子从隐处赶出来，
讨好那群汪汪叫的狗。我说的墙缝
是怎么生的，谁也没看见，谁也没听见，
但是到了春季补墙时，就看见在那里。
我通知了住在山那边的邻居；
有一天我们约会好，巡视地界一番，
在我们两家之间再把墙重新砌起。
我们走的时候，中间隔着一垛墙。
落在各边的石块，由各自去料理。
有些是长块的，有些几乎圆得像球，
需要一点魔术才能把它们放稳当：
“老实待在那里，等我们转过身再落下！”
我们搬弄石头，把手指都磨粗了。
啊！这不过是又一种户外游戏，
一个人站在一边。此外没有多少用处：
在墙那地方，我们根本不需要墙：
他那边全是松树，我这边是苹果园。
我的苹果树永远也不会踱过去
吃掉他松树下的松球，我对他说。
他只是说：“好篱笆造出好邻家。”

春天在我心里作祟，我在悬想
能不能把一个念头注入他的脑里：
“为什么好篱笆造出好邻家？是否指
有牛的人家？可是我们此地又没有牛。
我在造墙之前，先要弄个清楚，
圈进来的是什么，圈出去的是什么，
并且我可能开罪的是些什么人家。
有一点什么，它不喜欢墙，
它要推倒它。”我可以对他说这是“鬼”，
但严格说也不是鬼，我想这事还是
由他自己决定吧。我看见他在那里
搬一块石头，两手紧抓着石头的上端，
像一个旧石器时代的武装的野蛮人。
我觉得他是在黑暗中摸索，
这黑暗不仅是来自深林与树荫。
他不肯探究他父亲传给他的格言，
他想到这句格言，便如此的喜欢，
于是再说一遍：“好篱笆造出好邻家。”

因西雅图家家户户不设围墙，我想起了这首诗，但是我也想起了我们的另一句俗话：“亲兄弟，高打墙！”

季淑爱花成癖，在花厂看到大片大片盆栽的山杜鹃，流连不忍去，我怂恿她买下最小的一盆，再困难我也要把它携回台湾。不料放在阳台上，雨露浸润，个把月的工夫，抽芽放叶，枝条挺出，俨然成了一棵小树，我们只好把它移植到庭园的一角，还它自由，不必勉强它离乡背井地在炎方瘴地去受流落之苦了。

哀枫树

我每至西雅图，下榻士耀、文蔷家。我六楼上的寝室有两个窗子，从南窗远眺，晴朗时可以看到的高一万四千余英尺的瑞尼尔山峰清清楚楚地浮现在天空中，山巅终年积雪，那样子很像日本的富士山，而其悬在半空的样子又有一点像是由我们的岳阳楼之遥望君山。西窗外，则有两棵大树骈立，一棵是杉，一棵是枫，根干相距约有十英尺，枝叶则纠结交叉，相依相偎如为一体。两棵树都高约五丈，虽非参天古木，亦甚庄严壮观。尤其是那株枫树，正矗立在我窗前，夕阳西下，几缕阳光从树叶隙处横射过来，把斑斓的叶影筛到窗幕上面。窗外的树，窗内的人，朝夕相对，默然无语。

枫树的种类很多，据说一百五十种以上。我们这棵枫树是最普通的一种，自阿拉斯加至南加州一带无处无之，是属于大叶枫的一类。叶厚而大，风过飒飒作响，所以此树从木从风。能制枫糖的是属于另外一种。“霜叶红于二月花”的则又是一种。我们中国诗人所常吟咏的是丹枫，又名霜枫，亦谓江枫。张继的《枫桥夜泊》中的“月落乌啼霜满天，江枫渔火对愁眠”，以及刘季游的《登天柱冈诗》中的“我行谁与报江枫，旋摆旌旗一路红”，都是有名的诗句。其实，红叶不限于枫，凡是树根吸取土中糖分过多，骤遏霜寒即起化学作用而呈红色，既非红颜娇艳取悦于人，亦非以憔悴之容惹人怜惜。

落叶乔木，到了季节，叶子总要变色脱落的。西雅图植物园里枫树很多，入秋红叶缤纷，有人认为景色甚美，我驱车往观，只是有一股萧瑟肃杀之气使人不快。我们这棵枫树，叶子不变红，变黄，一夜北风寒，黄叶纷纷落。我曾有好几个秋季给它扫除落叶。接连十天八天，叶子扫不尽。一早起来，就发现很厚的一层黄叶遮盖了一大块草地。我用大竹篾做的耙子，用力地耙拢成堆。从土壤里来的东西还让它回到土里去。扫叶工作相当累人，使人遍体生温，和龚半千扫叶楼的情景不大相同。扫叶楼是南京名胜之一，是我于一九二六年最喜欢盘桓的一个地方。那里庭院不大，树也不大，想半千居士所扫的落叶也不过是一种情趣的象征而已。我扫枫叶乃纯粹的劳动，整理庭除，兼为运动。

枫树不仅落叶烦人，春天开的小花，谢后散落如雨，而且所结的果实有翅，乘风滴溜溜地到处飞扬，落到草地上、石缝里、道路边，随地萌芽生长，若不勤加拔除，不久就会成为一片枫林。《易经》说：“天地变化，草木蕃。”枫树之雄厚的蕃息力量，正是自然之道。不过由萌芽而滋长，逃过多少灾难，然后才能成为一棵几丈高的大树。枫树在我们需要阴凉的时候，它给我们遮阳，到了冬天我们需要温暖的时候它又迅速地脱卸那一身的浓密大叶，只剩下干枝光杆在半空寒风中张牙舞爪。它好知趣，好可人！

但树也有旦夕祸福。我这次回到西雅图来，隔窗一望那棵枫树不见了！再探头望下来，一块块的大木橛子、大木墩子，横七竖八地陈列在木栅边。一棵树活生生地被锯成了几十段！那棵杉，孤零零地立着，它失掉了贴身的伴侣，比我更难过。

原来是今年春天，树该发芽的时候，这棵枫树突然没有发出芽来，有气无力地在顶端冒出几片小叶。请了三位树医，各有不同的诊断。一位说是当年造房子打地基伤了树根，一位说是草地施肥杀莠使它中了毒，一位说是感染了无名的疾病。有一点三位完全同意：树已害了不治之症。善后是必须立即办理，否则恐难久立，在风雪怒号之中它会訇然仆地。邻居测量形势，所受威胁最大。于是三家比价，以二百五十元成交，立即伐木丁丁了。言明在先，只管锯成短橛，不管运走。木橛的最大圆周是八英尺有余，直径约二英尺半。唯一用途是当柴烧，分期予以火化。可是斧劈成柴，那工程不小，怕只好出资请人把它一块块地运走了。

现在我的窗前没有东西遮望眼，一片空虚。十年树木，只能略具规模，像这棵枫树之枝叶扶疏，如张巨盖，至少是百年以上的。然而大千世界，一切皆是无常，一棵树又岂是例外？“树犹如此，人何以堪？”

盆景

我小时候，看见我父亲书桌上添了一个盆景，我非常喜爱。是一盆文竹，栽在一个细高的方形白瓷盆里；似竹非竹，细叶嫩枝，而不失其挺然高举之致。凡物小巧则可爱。修篁成林，蔽不见天，固然幽雅宜人，而盆盎之间绿竹猗猗，则亦未尝不惹人怜。文竹属百合科，当时在北方尚不多见。

我父亲为了培护他这个盆景，费了大事。先是给它配上一个不大不小的硬木架子，安置在临窗的书桌右角，高高地傲视着居中的砚田。按时浇水，自不待言，苦的是它需阳光照晒，晨间阳光晒进窗来，便要移盆就光，让它享受那片刻的煦暖。若是搬到院里，时间过久则又不胜骄阳的肆虐。每隔一两年要翻换肥土，以利新根。败枝枯叶亦须修剪。听人指点，用笔管戳土成穴，灌以稀释的芝麻酱汤，则新芽茁发，其势甚猛。有一年果然抽芽蹿长，长至数尺而意犹未尽，乃用细绳吊系之，使缘窗匍行，如篱萝然。

此一盆景陪伴先君二三十年，依然无恙。后来移我书斋之内，仍能保持常态，在我凭几写作之时，为我增加情趣不少。嗣抗战军兴，家中乏人照料，冬日书斋无火，文竹终于僵冻而死。丧乱之中，人亦难保，遑论盆景！然我心中至今戚戚。

这一盆文竹乃购自日商。日本人好像很精于此道。所制盆栽，率皆枝条掩映，俯仰多姿。尤其是盆栽的松柏之属，能将文理盘错的千寻之树，缩收于不盈咫尺的缶盆之间，可谓巧夺天工。其实盆栽之术，源自我国，日人善于模仿，巧于推销，百年来盆栽遂亦为西方人士所嗜爱。bonsai一语实乃中文盆栽二字之音译。

据说盆景始于汉唐，盛于两宋。明朝吴县人王鏊作《姑苏志》有云："虎邱人善于盆中植奇花异卉，盘松古梅，置之几案，清雅可爱，谓之盆景。"当时姑苏不仅擅园林之美，且以盆景之制作驰誉于一时。刘銮《五石瓠》："今人以盆盎间树石为玩，长者屈而短之，大者削而约之，或肤寸而结果实，或咫尺而蓄虫鱼，概称盆景，元人谓之些子景。"些子大概是元人语，细小之意。

我多年来漂泊四方，所见盆景亦夥，南北各地无处无之，而技艺之精则均与时俱进。见有松柏盆景，或根株暴露，做龙爪攫拿之状，名曰"露根"。或斜出倒挂于盆口之外，挺秀多姿，俨然如黄山之"蒲团""黑虎"，名曰"悬崖"。或一株直立，或左右并生，无不于刚劲挺拔之中展露搔首弄姿之态。甚至有在浅钵之中植以枫林者，一二十株枫树集成丛林之状，居然叶红似火，一片霜林气象。种种盆景，无奇不有，纳须弥于芥子，取法乎自然。作为案头清供，诚为无上妙品。近年有人以盆景为专业，有时且公开展览，琳琅满目，洋洋大观。盆景之培养，需要经年累月，悉心经营，有时甚至经数十年之辛苦调护方能有成。或谓有历千百年之盆景古木，价值连城，是则殆不可考，非我所知。

盆景之妙虽尚自然，然其制作全赖人工。就艺术观点而言，艺术本为模仿自然。例如图画中之山水，尺幅而有千里之势。杜甫望岳，层云荡胸，飞鸟入目，也是穷目之所极而收之于笔下。盆景似亦若是，唯表现之方法不同。黄山之松，何以有那样的虬蟠之态？那并不是自然的生态。山势确荦，峭崖多隙，松生其间，又复终年的烟霞翳薄，夙雨飕飕，当然枝柯虬曲，甚至倒悬，欲直而不可得。原非自然生态之松，乃成为自然景色之一部。画家喜其奇，走笔写松遂常作龙蟠虬曲之势。制盆景者师其意，纳小松于盆中，培以最少量之肥，使之滋长而不过盛，芟之剪之，使其根部坐大，又用铅铁丝缚绕其枝干，使之弯曲作态而无法伸展自如。

艺术与自然本是相对的名词。凡是艺术皆是人为的。西谚有云：Ars est celare artem（真艺术不露人为的痕迹），犹如吾人所谓“无斧凿痕”。我看过一些盆景，铅铁丝尚未除去，好像是五花大绑，即或已经解除，树皮上也难免有皮开肉绽的疤痕。这样的艺术制作，对于植物近似戕害生机的桎梏。我常在欣赏盆景的时候，联想到在游艺场中看到的一个患侏儒症的人，穿戴齐整地出现在观众面前，博大家一笑。又联想到从前妇女的缠足，缠得趾骨弯折，以成为三寸金莲，作摇曳婀娜之态！

我读龚定庵《病梅馆记》，深有所感。他以为一盆盆的梅花都是匠人折磨成的病梅，用人工方法造成的那副弯曲佝偻之状乃是病态，于是他解其束缚，脱其桎梏，任其无拘无束地自然生长，名其斋为病梅馆。龚氏之文，常在我心中出现，令我憬然有悟，知万物皆宜顺其自然。盆景，是艺术，而非自然。我于欣赏之余，真想效龚氏之所为，去其盆盎，移之于大地，解其缠缚，任其自然生长。

虹

英国诗人华兹华斯于一八〇二年作了一首小诗，仅仅九行，但是很概括地表明了他对自然的看法，大意是这样的——

我的心跳了起来，当我看见
天上有彩虹一条；
我生命开始有此经验，
如今长大成人仍是这般；
但愿还是这样，当我到了老年，
否则不如死掉！
孩子是成年人的父亲；
我愿我以后一天天的时间，
借崇拜自然而得以连接不断。

在自然现象中，虹是很令人惊奇的一项。我在儿时，每逢雨霁，东方天空出现长虹，那一条庞大的弧形，红、橙、黄、绿、蓝、靛、紫，色彩鲜明如带，就不免惊呼雀跃，我的大姐总是警告我说：“不要手指，否则烂掉指头！”不知这宗迷信从何而起。古时虹蜺二字连用（蜺亦作霓），似乎是指近于龙的一种动物，雄为虹，雌为蜺，色鲜盛者为雄，暗者为雌。《尔雅》是这样说的。宋人刘敬叔《异苑》是一种神怪小说。有这样一条：“晋陵薛愿，有虹饮其釜，嗡响便竭，愿辈酒灌之，随咽便吐金满器，于是灾弊日祛，而丰富数臻。”能虹饮的龙好像体型并不太大，而且颇为吉利。《史记·五帝纪》注：“瞽叟姓妫，妻曰握登，见大虹意感，而生舜于姚墟。”虹还能使妇人意感而孕，真是匪夷所思。凡此不经之谈，皆是说明我们古人一直把虹看作为有生命的动物，甚至为有神通的精灵。华兹华斯的泛神思想也就不足为异了。

我以前所见的虹都是短短的一橛，不是为房脊所遮，便是被树梢所掩，极目而望，瞬即消逝。近来旅游美洲，寄寓于西雅图，其地空旷开朗，气候特佳。一日午后雨霁，凭窗而望，“䗖蝀在东”，心中为之一震，犹之华兹华斯的“心跳了起来”。因为在我眼前的虹，不但色彩鲜艳，在广阔无垠的天空之中从陆地的一端拱起到另一端，足足的是个一百八十度的半圆弧形，像这样完整而伟大的虹以前从未见过，如今尽收眼底。我童心未泯，不禁大叫起来，惊动家人群出仰视，莫不叹为奇景。

华氏小诗末行公然标出“崇拜自然”四个字，是甚堪玩味的。基督徒崇拜的是上帝，而他崇拜的是自然，他对自然的态度有过几度的转变，幼时是纯感官的感受，长而赋自然以生命，最后则以外界的自然景象与自己的内心融为一体。他对自然的认识，既浪漫又神秘，和陶渊明所谓的“此中有真意，欲辩已忘言”像是有些相近。

雪

李白句：“燕山雪花大如席。”这话靠不住，诗人夸张，犹“白发三千丈”之类。据科学的报道，雪花的结成视当时当地的气温状况而异，最大者直径三至四英寸。大如席，岂不一片雪花就可以把整个人盖住？雪，是越下得大越好，只要是不成灾。雨雪霏霏，像空中撒盐，像柳絮飞舞，缓缓然下，真是有趣，没有人不喜欢。有人喜雨，有人苦雨，不曾听说谁厌恶雪。就是在冰天雪地的地方，爱斯基摩人也还利用雪块砌成圆顶小屋，住进去暖和得很。

赏雪，须先肚中不饿。否则雪虐风饕之际，饥寒交迫，就许一口气上不来，焉有闲情逸致去细数“一片一片又一片……飞入梅花都不见”？后汉有一位袁安，大雪塞门，无有行路，人谓已死，洛阳令令人除雪，发现他在屋里僵卧，问他为什么不出来，他说：“大雪人皆饿，不宜干人。”此公憨得可爱，自己饿，料想别人也饿。我相信袁安僵卧的时候一定吟不出“风吹雪片似花落”之类的句子。晋王子犹居山阴，夜雪初霁，月色清朗，忽然想起远在剡的朋友戴安道，即便夜乘小舟就之，经宿方至，造门不前而返。假如没有那一场大雪，他固然不会发此奇兴，假如他自己饘粥不继，他也不会风雅到夜乘小船去空走一遭。至于谢安石一门风雅，寒雪之日与儿女吟诗，更是富贵人家事。

一片雪花含有无数的结晶，一粒结晶又有好多好多的面，每个面都反射着光，所以雪才显着那样的洁白。我年轻时候听说从前有烹雪论茗的故事，一时好奇，便到院里就新降的积雪掬起表面的一层，放在甑里融成水，煮沸，走七步，用小宜兴壶，沏大红袍，倒在小茶盅里，细细品啜之，举起喝干了的杯子就鼻端猛嗅三两下——我一点也不觉得两腋生风，反而觉得舌本闲强。我再检视那剩余的雪水，好像有用矾打的必要！空气污染，雪亦不能保持其清白。有一年，我在汴洛道上行役，途中车坏，时值大雪，前不巴村后不着店，饥肠辘辘，乃就路边草棚买食，主人飨我以挂面，我大喜过望。但是煮面无水，主人取洗脸盆，舀路旁积雪，以混沌沌的雪水下面。虽说饥者易为食，这样的清汤挂面也不是顶容易下咽的。从此我对于雪，觉得只可远观，不可亵玩。苏武饥吞毡渴饮雪，那另当别论。

雪的可爱处在于它的广被大地，覆盖一切，没有差别。冬夜拥被而眠，觉寒气袭人，蜷缩不敢动，凌晨张开眼皮，窗棂窗帘隙处有强光闪映大异往日，起来推窗一看——啊！白茫茫一片银世界。竹枝松叶顶着一堆堆的白雪，杈芽老树也都镶了银边。朱门与蓬户同样地蒙受它的泽被，雕栏玉砌与瓮牖桑枢没有差别待遇。地面上的坑穴洼溜，冰面上的枯枝断梗，路面上的残刍败屑，全都罩在天公抛下的一件鹤氅之下。雪就是这样的大公无私，装点了美好的事物，也遮掩了一切的芜秽，虽然不能遮掩大久。

雪最有益于人之处是在农事方面。我们靠天吃饭，自古以来就看上天的脸色，“上天同云，雨雪雰雰……既沾既足，生我百谷”。俗语所说“瑞雪兆丰年”，即今冬积雪，明年将丰之谓。不必“天大雪，至于牛目”，盈尺就可成为足够的宿泽。还有人说雪宜麦而辟蝗，因为蝗遗子于地，雪深一尺则入地一丈，连虫害都包治了。我自己也有过一点类似的经验，堂前有芍药两栏，书房檐下有玉簪一畦，冬日几场大雪扫积起来，堆在花栏花圃上面，不但可以使花根保暖，而且来春雪融成了天然的润溉，大地回苏的时候果然新苗怒发，长得十分茁壮，花团锦簇。我当时觉得比堆雪人更有意义。

据说有一位枭雄吟过一首咏雪的诗：“黄狗身上白，白狗身上肿，出门一啊喝，天下大一统。”俗话说：“官大好吟诗。”何况一位枭雄在夤缘际会踌躇满志的时候。这首诗不是没有一点巧思，只是趣味粗犷得可笑，这大概和出身与气质有关。相传法国皇帝路易十四写了一首三节联韵诗，自鸣得意，征求诗人、批评家布洼娄的意见，布洼娄说：“陛下无所不能，陛下欲做一首歪诗，果然做成功了。”我们这位枭雄的咏雪，也应该算是很出色的一首歪诗。

箸间心上有真意

烧羊肉

大家都知道北平月盛斋的酱羊肉、酱牛肉，制作精良，闻名遐迩。其实夏季各处羊肉床子所卖的烧羊肉，才是一般市民所常享受的美味。月盛斋的出品虽然好，谁愿老远地跑到前门户部街去买他一斤两斤的肉?

烧羊肉和酱羊肉不同，味道不同，制法不同，吃法不同。酱羊肉是大块羊肉炖得烂透，切片，冷食。烧羊肉完全不一样。烧羊肉只有羊肉床子卖。所谓羊肉床子，就是屠宰售卖羊肉的店铺，到了夏季附带着于午后卖烧羊肉。店铺全是回族人的生意，内外清洁，刷洗得一尘不染。大块五花羊肉入锅煮熟，捞出来，俟稍干，入油锅炸，炸到外表焦黄，再入大锅加料加酱油焖煮，煮到呈焦黑色，取出切条。这样的羊肉，外焦里嫩，走油不腻。买烧羊肉的时候不要忘了带碗，因为他会给你一碗汤，其味浓厚无比。自己做抻条面，用这汤浇上，比一般的牛肉面要鲜美得多。正是新蒜上市的时候，一条条编成辫子的大蒜沿街叫卖，新蒜不比旧蒜，特别嫩脆。也正是黄瓜的旺季，切成条。大蒜、黄瓜佐烧羊肉面，美不可言。

离开北平，休想吃到像样的羊肉。湖南馆子的红烧羊肉，没有羊肉味，当然也就没有羊肉特具的腥膻，同时也就没有羊肉特具的香气，而且连皮带肉一起红烧，北方人看了一惊。有一天和一位旗籍朋友聊天，谈起烧羊肉，惹得他眉飞色舞，涎流三尺。他说，此地既有羊肉，虽说品质甚差，然而何妨一试？他说做就做，不数日，喊我去尝。果然有七八分相似，慰情聊胜于无，相与拊掌大笑。

炸丸子

我想人没有不爱吃炸丸子的，尤其是小孩。我小时候，根本不懂什么五臭八珍，只知道小炸丸子最为可口。肉剁得松松细细的，炸得外焦里嫩，入口即酥，不需大嚼，既不吐核，又不摘刺，蘸花椒盐吃，一口一个，实在是无上美味。可惜一盘丸子只有二十来个，桌上人多，分下来差不多每人两三个，刚把馋虫诱上喉头，就难以为继了。我们住家的胡同口有一个同和馆，近在咫尺。有时家里来客留饭，就在同和馆叫几个菜作为补充，其中必有炸丸子，亦所以餍我们几个孩子所望。有一天，我们两三个孩子偎在母亲身边闲话，我的小弟弟不知怎么地心血来潮，没头没脑地冒出这样的一句话："妈，小炸丸子要多少钱一碟？"我们听了哄然大笑。母亲却觉得一阵心酸，立即派用人到同和馆买来一碟小炸丸子。我们两三个孩子伸手抓食，每人分到十个左右，心满意足。事隔七十多年，不能忘记那一回吃小炸丸子的滋味。

炸丸子上面加一个"小"字，不是没有缘由的。丸子大了，炸起来就不容易炸透。如果炸透，外面一层又怕炸过火，所以要小。有些馆子称之为“樱桃丸子”，也不过是形容其小。其实这是夸张，事实上总比樱桃大些。要炸得外焦里嫩有一个诀窍。先用温油炸到八分熟，捞起丸子，使稍冷却，在快要食用的时候投入沸油中再炸一遍。这样便可使外面焦而里面不致变老。

为了偶尔变换样子，炸丸子做好之后，还可以用葱花、酱油、芡粉在锅里勾一些卤，加上一些木耳，然后把炸好的丸子放进去滚一下就起锅，是为熘丸子。

如果用高汤煮丸子，而不用油煎，煮得白白嫩嫩的，加上一些黄瓜片或是小白菜心，也很可口，是为“汆丸子”。若是赶上毛豆刚上市，把毛豆剁碎羼在肉里，也很别致，是为“毛豆丸子”。

湖北馆子的“蓑衣丸子”也很特别。是用丸子裹上糯米，上屉蒸。蒸出来一个个地粘着挺然翘然的米粒，好像是披了一件蓑衣，故名。这道菜要做得好，并不难，糯米先泡软再蒸，就不会生硬。我不知道为什么湖北人特喜糯米，豆皮要包糯米，烧卖也要包糯米，丸子也要裹上糯米。我个人以为除了粽子、汤团和八宝饭之外，糯米派不上什么用场。

北平酱肘子铺（便宜坊）卖一种炸丸子，扁扁的，外表疙瘩噜苏，里面全是一些筋头巴脑的剔骨肉，价钱便宜，可是风味特殊，当作火锅的锅料用最为合适。我小时候上学，如果手头富余，买个炸丸子夹在烧饼里，惬意极了，如今回想起来还回味无穷。

最后还不能不提到“乌丸子”。一半炸猪肉丸子，一半炸鸡胸肉丸子，盛在一个盘子里，半黑半白，很是别致。要有一小碗卤汁，蘸卤汁吃才有风味。为什么叫乌丸子，我不知道，大概是什么一位姓乌的大老爷所发明，故以此名之。从前有那样的风气，人以菜名，菜以人名，如“潘鱼江豆腐”之类皆是。

满汉细点

北平的点心店叫作“饽饽铺”。都有一座细木雕花的门脸儿，吊着几个木牌，上面写着“满汉细点”什么的。可是饽饽都藏在里面几个大盒子、大柜子里，并不展示在外，而且也没有什么货品价格表之类的东西。进得铺内，只觉得干干净净，空空洞洞，香味扑鼻。

满汉细点，究竟何者为“满”何者为“汉”，现已分辨不清。至少从名称看来，“萨其马”该是满族点心。我请教过满族旗人，据告萨其马是满文的蜜甜之意，我想大概是的。这东西是油炸黄米面条，像蜜供似的，但是很细很细，加上蜜拌匀，压成扁扁的一大块，上面撒上白糖和染红了的白糖，再加上一层青丝红丝，然后切成方形的块块。很甜，很软和，很好吃。如今全国各处无不制售萨其马，块头太大太厚，面条太粗太硬，蜜太少，名存实亡，全不对劲。

“蜂糕”也是北平特产，有黄白两种，味道是一样的。是用糯米粉调制蒸成，呈微细蜂窝状，故名。质极松软，微黏，与甜面包大异其趣。内羼少许核桃仁，外裹以薄薄的豆腐皮以防粘着蒸器。蒸热再吃尤妙，最宜病后。

花糕、月饼是秋季应时食品。北方的“翻毛月饼”，并不优于江南的月饼，更与广式月饼不能相比，不过其中有一种山楂馅的翻毛月饼，薄薄的、小小的，我认为风味很好，别处所无。大抵月饼不宜过甜，不宜太厚，山楂馅带有酸味，故不觉其腻。至于花糕，则是北平独有之美点，在秋季始有发售，有粗细两品，有荤素两味。主要的是两片枣泥馅的饼，用模子制成，两片之间夹些胡桃、红枣、松子、缩葡之类的干果，上面盖一个红戳子，贴几片芫荽叶。清李静山《都门汇纂》里有这样一首“竹枝词”：

> 中秋才过近重阳，又见花糕各处忙。
> 面夹双层多枣栗，当筵题句傲刘郎。

一般饽饽铺服务周到。我家小园有一架紫藤，花开累累，满树满枝，乃摘少许，洗净，送交饽饽铺代制藤萝饼，鲜花新制，味自不同。又红玫瑰初放（西洋品种肥大而艳，但少香气），亦常摘取花瓣，送交铺中代制玫瑰饼，气味浓馥，不比寻常。

说良心话，北平饼饵[1]除上述几种之外很少有令人怀念的。有人艳称北平的“大八件”“小八件”，实在令人难以苟同。所谓“大八

① 即指饼类食品的总称。

件”无非是油糕、蓼花、大自来红、自来白等，“小八件”不外是鸡油饼、卷酥、绿豆糕、槽糕之类。自来红、自来白乃是中秋上供的月饼，馅子里面有些冰糖，硬邦邦的，大概只宜于给兔儿爷吃。蓼花甜死人！绿豆糕噎死人！“大八件”“小八件”如果装在盒子里，那盒子也吓人，活像一口小棺材，而木板尚未刨光。若是打个蒲包，就好看得多。

有所谓“缸捞”者，有人写作“干酪”，我不知究竟怎样写法。是圆饼子，中央微凸，边微薄，无馅，上面常撒上几许桂花，故称“桂花缸捞”。探视产后妇人，常携此为馈赠。此物松软合度，味道颇佳，我一向喜欢吃。后来听一位在外乡开点心铺的亲戚说，此物乃是聚集簸箩里的各种饽饽碎渣加水揉和再行烘制而成。然物美价廉不失为一种好的食品。“薄脆”也不错，又薄又脆，都算是平民食物。

“茯苓饼”其实没有什么好吃，沾光“茯苓”二字。《淮南子》：“千年之松，下有茯苓。”茯苓是一种地下菌，生在山林中松根之下。李时珍说：“盖松之神，灵之气，伏结而成。”无端给它加上神灵色彩，于是乃入药，大概吃了许有什么神奇之效。北平前门大街正明斋所制茯苓饼最负盛名，从前北人南游常携此物馈赠亲友。直到如今，有人从北平出来还带一盒茯苓饼给我，早已脆碎坚硬不堪入口。即使是新鲜的，也不过是飞薄的两片米粉糊烘成的饼，夹以黑乎乎的一些碎糖黑渣而已。

满族饽饽还有一品叫作“桌张”，俗称“饽饽桌子”，是丧事人家常用的祭礼。半生不熟的白面饼子，稍加一些糖，堆积起来一层层的有好几尺高，放在灵前供台上的两旁。凡是本家姑奶奶之类的亲属没有不送饽饽桌子的。可壮观瞻，不堪食用。丧事过后，弃之可惜，照例分送亲友以及用人小孩。我小时候遇见几次丧事，分到过十个八个这样的饽饽。童子无知，称之为“死人饽饽”，放在火炉口边烤熟，啃起来也还不错，比根本没有东西吃好一些。清人得硕亭《竹枝词·草珠一串》有一首咏其事：

满洲糕点样原繁，踵事增华不可言。

唯有桌张遗旧制，几同告朔饩羊存。

酪

酪就是凝冻的牛奶，北平有名的食物，我在别处还没有见过。到夏天下午，卖酪的小贩挑着两个木桶就出现了，桶上盖着一块蓝布，在大街小巷里穿行，他的叫卖声是："伊——哟，酪——啊！"伊哟不知何解。住家的公子哥儿们把卖酪的喊进了门洞儿，坐在长条的懒凳上，不慌不忙地喝酪。木桶里中间放一块冰，四周围全是一碗碗的酪，每碗上架一块木板，几十碗酪可以叠架起来。卖酪的顺手递给你一把小勺，名为勺，实际上是略具匙形的一片马口铁[①]。你用这飞薄的小勺慢慢地取食，又香又甜又凉，一碗不够再来一碗。卖酪的为推销起见特备一个签筒，你付钱抽签，抽中了上好的签可以白喝若干碗。通常总是卖酪的净赚，可是有一回我亲眼看见一位大宅门儿的公子哥儿，不知为什么手气那样好，一连几签把整个一挑子的酪都赢走了，登时喊叫家里的厨子、车夫、打杂儿的都到门洞儿里来喝免费的酪，

① 即镀锡铁。

只见那卖酪的咧着嘴大哭。

酪有酪铺。我家附近，东四牌楼根儿底下就有一家。最有名的一家是在前门外框儿胡同北头儿路西，我记不得它的字号了。掀门帘进去，里面没有什么设备，一边靠墙几个大木桶，一边几个座儿。他家的酪，牛奶醇而新鲜，所以味道与众不同，大碗带果的尤佳，酪里面有瓜子仁儿，于喝咽之外有点东西咀嚼，别有风味。每途经其地，或是散戏出来，必定喝他两碗。

看戏的时候，也少不了有卖酪的托着盘子在拥挤不堪的客座中间穿来穿去，口里喊着：“酪——来——酪！”听戏在入神的时候，卖酪的最讨人厌。有一回小丑李敬山，在台上和另一小丑打诨，他问：“你听见过王八是怎样叫唤的吗？”“没听过。”“你听——”这时候有一位卖酪的正从台前经过，口里喊着“酪——来——酪”，于是观众哄堂大笑。

久离北平的人，不免犯馋，想北平的吃食，酪是其中之一。齐如山先生有一天请我到他家去喝酪。酪是黄媛珊女士做的，样子很好，味也不错，就是少那么一点点北平酪的香味，那香味应该说是近似酒香。她是大批地做，一做就是百儿八十碗，我去喝酪的那天，正见齐瑛先生把酪装上吉普车送往中华路一家店铺代售。我后来看到，那家店铺窗上贴着有“北平奶酪”的红纸条。可惜光顾的人很少，因为“膻肉酪浆，以充饥渴”究竟是北方人的习俗，而在北方畜牧亦不发达，所谓的酪只有北平城里的人才得享用。齐府所制之酪，不久成为绝响。

我们中国人，比较起来是消费牛奶很少的一个民族。我个人就很怕喝奶，温热了喝有一股腥气，冷冻了捏着鼻子往下灌又觉得长久胃里吃不消，可是做成酪我就喜欢喝。喝了几十年酪，不知酪是怎样做的。查书，《饮膳正要》云："造法用乳半勺，锅内炒过，入余乳，熬数十沸，频以勺纵横搅之，倾出，罐盛待凉，掠取浮皮为酥，入旧酪少许，纸封贮，即成酪。"说得轻松，我不敢尝试，总疑心奶不能那么容易凝结，好像需要加进一点什么才成，好像做豆腐也要在豆浆里点一些盐卤才成。过去有酪喝，也就不想自己试做。黄媛珊女士做了，我也喝了，就是忘了问她是怎么做的，也许问过了，现在又忘了她是怎么说的。我来美国住了一阵之后，在我女儿文蔷家里又喝到了酪，是外国做法，虽不敢说和北平的酪媲美，至少慰情聊胜于无。现在把制法简述于下，以飨同好。

一、新鲜全脂牛奶，一夸特可以做六饭碗。奶粉也行，总不及鲜奶。

二、奶里加酌量的糖，及香料少许，杏仁精就很好，香草也行，不过我以为用甜酒调味（rum flavor）效果更佳。也有人说用金门高粱也很好。

三、凝乳片（rennet tablet）放在冷水里溶化，每片可做两碗。这种凝乳片是由牛犊的胃内膜提炼而成的，美国一般超级市场有售。

四、牛奶加温至华氏一百一十度。不可太热，如用口尝微温即可，绝对不可使沸，如太热需俟其冷却。

五、将凝乳剂倾入奶中，稍加搅和，俟冷放进冰箱，冰凉即可食用。手续很简便，不到一刻钟就完成了，曾几度持以待客，均食之而甘，仿佛又回到了北平，“酪——来——酪”之声盈耳。

烧饼油条

烧饼油条是我们中国人的标准早餐之一，在北方不分省份、不分阶级、不分老少，大概都喜欢食用。我生长在北平，小时候的早餐几乎永远是一套烧饼油条——不，叫油炸鬼，不叫油条。有人说，油炸鬼是油炸桧之讹，大家痛恨秦桧，所以名之为油炸桧以泄愤，这种说法恐怕是源自南方，因为北方读音鬼与桧不同，为什么叫油鬼，没人知道。在比较富裕的大家庭里，只有做父亲的才有资格偶然以馄饨、鸡丝面或羊肉馅包子做早点，只有做祖父母的才有资格常以燕窝汤、莲子羹或哈士蟆之类做早点，像我们这些“民族幼苗”，便只有烧饼油条来果腹了。说来奇怪，我对于烧饼油条从无反感，天天吃也不厌，我清早起来，就有一大簸箩烧饼油鬼在桌上等着我。

现在台湾的烧饼油条，我以前在北平还没见过。我所知道的烧饼，有螺蛳转儿、芝麻酱烧饼、马蹄儿、驴蹄儿几种，油鬼有麻花儿、甜油鬼、炸饼儿几种。螺蛳转儿夹麻花儿是一绝，扳开螺蛳转儿，夹进麻花儿，用手一按，咔吱一声麻花儿碎了，这一声响就很有意思，如今我再也听不到这个声音。有一天和齐如山先生谈起，他也很感慨，他嫌此地油条不够脆，有一次他请炸油条的人给他特别炸焦，“我加倍给你钱”，那个炸油条的人好像是前一夜没睡好觉（事实上凡是炸油条、烙烧饼的人都是睡眠不足），一翻白眼说：“你有钱？我不伺候！”回锅油条、老油条也不是味道，焦硬有余，酥脆不足。至于烧饼，螺蛳转儿好像久已不见了，因为专门制售螺蛳转儿的粥铺早已绝迹了。所谓粥铺，是专卖甜浆粥的一种小店，甜浆粥是一种稀稀的粗粮米汤，其味特殊。北平城里的人不知道喝豆浆，常是一碗甜浆粥、一套螺蛳转儿，但这也得到粥铺去趁热享用才好吃。我到十四岁以后才喝到豆浆，我相信我父母一辈子也没有喝过豆浆。我们家里吃烧饼油条，嘴干了就喝大壶的茶，难得有一次喝到甜浆粥。后来我到了上海，才看到细细长长的那种烧饼，以及菱形的烧饼，而且油条长长的也不适于夹在烧饼里。

火腿、鸡蛋、牛油面包作为标准的早点，当然也很好，但我只是在不得已的情形下才接受了这种异俗。我心里怀念的仍是烧饼油条。和我有同嗜的人相当不少。海外羁旅，对于家乡土物率多念念不忘。有一位华裔美籍的学人，每次到台湾来都要带一二百副烧饼油条回到美国去，存在冰橱里，逐日拣取一副放在烤箱或电锅里一烤，便觉得美不可言。谁不知道烧饼油条只是脂肪、淀粉，从营养学来看，不构成一份平衡的食品。但是多年习惯，对此不能忘情。在纽约曾有人招待我到一家中国餐馆进早点，座无虚席，都是烧饼油条客，那油条一根根的都很结棍[①]，韧性很强。但是大家觉得这是家乡味，聊胜于无。做油条的师傅，说不定曾经付过二两黄金才学到如此这般的手艺，又有一位返台观光的游子，住在台北一家观光旅馆里，晨起第一桩事就是外出寻找烧饼油条，遍寻无着，返回旅舍问服务小姐，服务小姐登时蛾眉一耸说："这是观光区域，怎会有这种东西？你要向偏僻街道、小巷去找。"闹哄了一阵，兴趣已无，乖乖地到附设餐厅里去吃火腿、鸡蛋、面包了事。

有人看我天天吃烧饼油条，就问我："你不嫌脏？"我没想到这个问题。据这位关心的人说，要注意烧饼里有没有老鼠屎。第二天我打开烧饼先检查，哇，一颗不大不小像一颗万应锭似的黑黑的东西赫然在焉。用手一捻，碎了。若是不当心，入口一咬，必定牙碜，也许不当心会咽了下去。想起来好怕，一颗老鼠屎搅坏一锅粥，这话不假，从此我存了戒心。看看那个豆浆店，小小一间门面，案板、油锅都放在人行道上，满地是油渍污泥，一袋袋的面粉堆在一旁像沙包一样，阴沟里老鼠横行。再看看那打烧饼、炸油条的人，头发蓬松，上身只有灰白背心，脚上一双拖鞋，说不定嘴里还叼着一根纸烟。在这种情况之下，要使老鼠屎不混进烧饼里去，着实很难。好在不是一个烧饼里必定轮配到一橛[②]老鼠屎，难得遇见一回，所以戒心维持了一阵

① 方言，厉害的意思。

② 即一小段。

也就解严了。

也曾经有过观光级的豆浆店出现，在那里有峨高冠的厨师，有穿制服的侍者，有装潢，有灯饰；筷子有纸包着，豆浆碗下有盘托着，餐巾用过就换，而不是一块毛巾大家用，像邮局糨糊旁边附设的小块毛巾那样的又脏又黏。如果你带外宾进去吃早点，可以不至于脸红。但是偶尔观光一次是可以的，谁也不能天天去观光，谁也不能常跑远路去图一饱。于是这打肿脸充胖子的局面维持不下去了，烧饼油条依然是在人行道边乌烟瘴气的环境里苟延残喘。而且我感觉到吃烧饼油条的同志也越来越少了。

糟蒸鸭肝

糟就是酒滓，凡是酿酒的地方都有酒糟。《楚辞·渔父》：“何不餔其糟而啜其醨？”可见自古以来酒糟就是可以吃的。我们在摊子上吃的“醪糟蛋”（醪音捞），醪糟乃是我们人人都会做的甜酒酿，还不是我们所谓的糟。说也奇怪，我们台湾盛产名酒，想买一点糟还不太容易。只有到山东馆子吃“糟熘鱼片”才得一尝糟味，但是有时候那糟还不是真的，不过是甜酒酿而已。

糟的吃法很多。糟熘鱼片固然好，“糟鸭片”也是绝妙的一色冷荤，在此地还不曾见过，主要原因是鸭不够肥嫩。北平东兴楼或致美斋的糟鸭片，切成大薄片，有肥有瘦、有皮有肉，是下酒的好菜。《儒林外史》第十四回，马二先生看见酒店柜台上盛着糟鸭，“没有钱买了吃，喉咙里咽唾沫”。所说的糟鸭是刚出锅的滚热的，和我所说的冷盘糟鸭片风味不同。下酒还是冷的好。稻香村的“糟鸭蛋”也很可口，都是靠了那一股糟味。

福州馆子所做名为“红糟”的菜是有名的。所谓红糟乃是“红曲”，另是一种东西。是粳米做成饭，拌以曲母，令其发热，冷却后洒水再令其发热，往复几次即成红曲。红糟肉、红糟鱼，均是美味，但没有酒糟香。

现在所要谈到的“糟蒸鸭肝”是山东馆子的拿手菜，而以北平东兴楼的为最出色。东兴楼的菜出名的分量少，小盘小碗，但是精，不能供大嚼，只好细品尝。所做糟蒸鸭肝，精选上好鸭肝，大小合度，剔洗干净，以酒糟蒸熟。妙在汤不浑浊而味浓，而且色泽鲜美。

有一回梁寒操先生招饮于悦宾楼，据告这是于右老喜欢前去小酌的地方，而且以糟蒸鸭肝为其隽品之一。尝试之下，果然名不虚传，唯稍嫌粗，肝太大则质地容易沙硬。在这地方能吃到这样的菜，难能可贵。

腊肉

腊肉就是经过制炼的腌肉，到了腊尾春头的时候拿出来吃，所以叫作腊肉。普通的暴腌咸肉，或所谓“家乡肉”，不能算是腊肉。

湖南的腊肉最出名，可是到了湖南却不能求之于店肆，真正上好的湖南腊肉要到人家里才能尝到。因为腊肉本是我们农村社会中的家庭产品，可以长久存储，既以自奉，兼可待客，所谓“岁时伏腊”成了很普通的习俗。

真正上好的腊肉我只吃过一次。抗战初期，道出长沙，乘便去湘潭访问一位朋友。乘小轮溯江而上，虽然已是初夏，仍感觉到“春水绿波、春草绿色”的景致宜人。朋友家在湘潭城内柳丝巷二号。一进门看见院里有一棵高大的梧桐。里面是个天井，四面楼房。是晚下榻友家，主人以盛馔招待，其中一味就是腊肉腊鱼。我特地到厨房参观，大吃一惊，厨房比客厅宽敞，而且井井有条、一尘不染。房梁上挂着好多鸡鸭鱼肉，下面地上堆了树枝、干叶之类，犹在冉冉冒烟。原来腊味之制作最重要的一个步骤就是烟熏。微温的烟熏火燎，日久便把肉类熏得焦黑，但是烟熏的特殊味道都熏进去了。烟从烟囱散去，厨内空气清洁。

腊肉刷洗干净之后，整块地蒸。蒸过再切薄片，再炒一次最好，加青蒜炒，青蒜、绿叶可以用但不宜太多，宜以白的蒜茎为主。加几条红辣椒也很好。在不得青蒜的时候始可以大葱代替。那一晚在湘潭朋友家中吃腊肉，宾主尽欢，喝干了一瓶“温州酒干”，那是比汾酒稍淡近似贵州茅台的白酒。此后在各处的餐馆吃炒腊肉，都不能和这一次的相比。而腊鱼之美乃在腊肉之上。一饮一啄，莫非前定。

狮子头

狮子头，扬州名菜。大概是取其形似，而又相当大，故名。北方饭庄称之为“四喜丸子”，因为一盘四个。北方做法不及扬州狮子头远甚。

我的同学王化成先生，扬州人，幼失恃[①]，赖姑氏扶养成人，姑善烹调，化成耳濡目染，亦通调和鼎鼐之道。化成在外交部为官多年，后外放葡萄牙公使历时甚久，终于任上。他公余之暇，常亲操刀俎，以娱嘉宾。狮子头为其拿手杰作之一，曾以制作方法见告。

狮子头人人会做，巧妙各有不同。化成教我的方法是这样的——

首先取材要精。细嫩猪肉一大块，七分瘦三分肥，不可有些许筋络纠结于其间。切割之际最要注意，不可切得七歪八斜，亦不可剁成碎泥，其秘诀是“多切少斩”。挨着刀切成碎丁，越碎越好，然后略为斩剁。

---

① 即死了母亲。

次一步骤也很重要。肉里不羼芡粉，容易碎散；加了芡粉，黏糊糊的不是味道。所以调好芡粉要抹在两个手掌上，然后捏搓肉末成四个丸子，这样丸子外表便自然糊上了一层芡粉，而里面没有。把丸子微微按扁，下油锅炸，以丸子表面紧绷微黄为度。

再下一步是蒸。碗里先放一层转刀块冬笋垫底，再不然就横切黄芽白[①]作墩形数个也好。把炸过的丸子轻轻放在碗里，大火蒸一个钟头以上。揭开锅盖一看，浮着满碗的油，用大匙把油撇去，或用大吸管吸去，使碗里不见一滴油。

这样的狮子头，不能用筷子夹，要用羹匙舀，其嫩有如豆腐。肉里要加葱汁、姜汁、盐。愿意加海参、虾仁、荸荠、香蕈，各随其便，不过也要切碎。

狮子头是雅舍食谱中重要的一色。最能欣赏的是当年在北碚的编译馆同仁萧毅武先生，他初学英语，称之为“莱阳海带”，见之辄眉飞色舞。化成客死异乡，墓木早拱矣，思之怃然！

---

① 即大白菜。

瓦块鱼

严辰《忆京都词》有一首是这样的：

忆京都 · 陆居罗水族

鲤鱼硕大鲫鱼多，当客击鲜随所欲。

此间俗手昧烹鲜，令人空自羡临渊。

严辰是浙江人，在鱼米之乡居然也怀念北人的烹鲜。故都虽然尝不到黄河鲤，但是北平的河南馆子做鱼还是有独到之处。厚德福的瓦块鱼便是一绝。一块块炸黄了的鱼，微微弯卷做瓦片形，故以为名。上面浇着一层稠黏而透明的糖醋汁，微撒姜末，看那形色就令人馋涎欲滴。

我曾请教过厚德福的陈掌柜，他说得轻松，好像做瓦块鱼没什么诀窍。其实不易。首先选材要精，活的鲤鱼、鲢鱼都可以用，取其肉厚。但是只能用其中段最精的一部分。刀法也有考究，鱼片厚薄适度，去皮，而且尽可能避免把鱼刺切得过分碎断。裹蛋白芡粉，不可裹面糊。温油，炸黄。做糖醋汁，用上好藕粉，比芡粉好看，显着透明，要用冰糖，趁热加上一勺热油，取其光亮，浇在炸好的鱼片上，最后撒上姜末，就可以上桌了。

一盘瓦块鱼差不多快吃完，伙计就会过来，指着盘中的剩汁说："给您焙一点面吧？"顾客点点头，他就把盘子端下去，不大的工夫，一盘像是焦炒面似的东西端上来了。酥、脆，微带甜酸，味道十分别致。可是不要误会，那不是面条，面条没有那样细，也没有那样酥脆。那是番薯（马铃薯）擦丝，然后下油锅炒成的。若不经意，还会以为真是面条呢。

因为瓦块鱼受到普遍欢迎，各地仿制者众，但是很少能达到水准。大凡烹饪之术，各地不尽相同，即以一地而论，某一餐馆专善某一菜数，亦不容他家效颦。瓦块鱼是河南馆的拿手菜，而以厚德福为最著；醋熘鱼（即五柳鱼）是南宋宋五嫂五柳居的名菜，流风遗韵一直保存在杭州西湖。《光绪顺天府志》："五柳鱼，浙江西湖五柳居煮鱼最美，故传名也。今京师食馆仿为之，亦名五柳鱼。"北人仿五柳鱼，犹南人仿瓦块鱼也，不能神似。北人做五柳鱼，肉丝、笋丝、冬菇丝堆在鱼身上，鱼肉硬，全无五柳风味。樊樊山有一首诗《攘蘅招饮广和居即席有作》：

闲里堂堂白日过，与君对酒复高歌。

都京御气横江尽，金铁秋声出塞多。
未信鱼羹输宋嫂，漫将肉饼问曹婆。
百年掌故城南市，莫学桓伊唤奈何。

所谓“未信鱼羹输宋嫂”，是想象之词。百年老店，模仿宋五嫂的手艺，恐怕也是不过尔尔。

生炒鳝鱼丝

鳝为我国特产。正写是鱓，鳝为俗字，一名曰䱇。《山海经·北山经》："姑灌之山，湖灌之水出焉，而东流注于海，其中多䱇。"鳝鱼各地皆有生产，腹作黄色，故曰"黄鳝"，浅水泥塘以至稻田，到处都有。

鳝鱼的样子有些可怕，像蛇，像水蛇，遍体无鳞，而又浑身裹着一层黏液，滑溜溜的，因此有人怕吃它。我小时看厨师宰鳝鱼，印象深刻。鳝鱼是放在院中大水缸里的，鳝鱼一条条在水中直立，探头到水面吸空气，抓它很容易，手到擒来。因为它黏，所以要用抹布裹着它才能抓得牢。用一根大铁钉把鳝鱼头部仰着钉牢在砧板上，然后顺着它的肚皮用尖刀直划，取出脏腑，再取出脊骨，皮上黏液当然要用盐搓掉。血淋淋的一道杀宰手续，看得人心惊胆战。

《颜氏家训·归心》："江陵刘氏，以卖鳝羹为业，后生一子，头是鳝，以下方为人耳。"莲池大师《放生文》注："杭州湖墅于氏者，有邻家被盗，女送鳝鱼十尾，为母问安，畜瓮中，忘之矣。一夕，梦黄衣尖帽者十人，长跪乞命，觉而疑之，卜诸术人，曰：‘当有生求放耳。’遍索室内，则瓮有巨鳝在焉，数之正十，大惊，放之，时万历九年事也。”信有因果之说，遂作放生之论。但是美味所在，放者自放，吃者自吃。

在北方只有河南餐馆卖鳝鱼。山东馆没有这一项。食客到山东馆子点鳝鱼，是外行。河南馆做鳝鱼，我最欣赏的是生炒鳝鱼丝。鳝鱼切丝，一两寸长，猪油旺火爆炒，加进少许芫荽、盐，不需其他任何配料。这样炒出来的鳝鱼，肉是白的，微有脆意，极可口，不失鳝鱼本味。另一做法是黄焖鳝鱼段，切成四方块，加一大把整的蒜瓣进去，加酱油，焖烂，汁要浓。这样做出来的鳝鱼是酥软的，别有风味。

淮扬馆子也善做鳝鱼，其中“炝虎尾”一色极为佳美。把鳝鱼切成四五寸长的宽条，像老虎尾巴一样，上略宽，下尖细，如果全是截自鳝鱼尾巴，则更妙。以沸汤煮熟之后即捞起，一条条地在碗内排列整齐，浇上预先备好的调和麻油、酱油、料酒的汤汁，冷却后，再撒上大量的捣碎了的蒜（不是蒜泥）。宜冷食。样子有一点吓人，但是味美。至于炒鳝糊，或加粉丝垫底名之为“软兜带粉”。那鳝鱼虽名为炒，却不是生炒，是煮熟之后再炒，已经十分油腻。上桌之后侍者还要手持一只又黑又脏的搪瓷碗（希望不是漱口杯），浇上一股子沸开的油，刺啦一声，油直冒泡，然后就有热心人用筷子乱搅拌一阵，还有热心人猛撒胡椒粉。那鳝鱼当中时常羼上大量笋丝、茭白丝之类，有喧宾夺主之势。遇到这种场面，就不能不令人怀念生炒鳝鱼丝了。在万华吃海鲜，有一家招牌大书“生炒鳝鱼丝”，实际上还是熟炒。我曾问过一家北方名馆主人，为什么不试做生炒鳝丝，他说此地没有又粗又壮的巨鳝，切不出丝。也许他说得对，在市场里是很难遇到够尺寸的黄鳝。

江浙的爆鳝过桥面，令我怀想不置。爆鳝是炸过的鳝鱼条，然后用酱油焖，加相当多的糖。这种爆鳝，非常香脆，以半碟下酒，另半碟连汁倒在面上，香极了。

据说某处有所谓全鳝席，我没有见过这种场面。想来原则上和全鸭席差不多，以各种不同的方式取胜。全鸭席我是见过的——拌鸭掌、糟鸭片、烩鸭条、糟蒸鸭肝、烩鸭胰、黄焖鸭块、姜芽炒鸭片、烩鸭舌，最后是挂炉烤鸭。全鳝席当然也是类似的做法。这是噱头，知味者恐怕未必以为然，因为吃东西如配方，也要君臣佐使，搭配平衡。

海参

海参不是什么珍贵的东西。但是干货，在烹调之前先要发开。发海参的手续不简单，需要很久时间（现在市场有现成发好的海参，从前是没有的）。所以从前家常菜里没有海参，只有餐馆里或整桌席里才得一见。

我一向以为外国人不吃海参，他们看见我们吃海参，一定以为我们不是嘴馋便是野蛮，连“海胡瓜”都不肯饶。其实是我孤陋寡闻，外国人也吃海参，不过他们的吃法不同。他们吃我们要刮去、丢掉的海参里面那一层皮，而我们吃他们所要丢掉的海参外面带刺的厚厚一层胶质。活的海参，我在外国的水族馆里看见过，各种颜色具备，黑的、白的、棕色的、斑驳的。咕咕囔囔的，不好看。鲜的海参，没吃过。

因为海参并不太珍贵，所以在饭庄子里所谓“海参席”乃是次等的席，次于所谓“鱼翅席”“燕翅席”。在海参席里，海参是主菜，通常是一大盘“趴烂海参”，名为趴烂，其实还是扑棱扑棱的居多。如果用象牙筷子去夹，还不大容易平平安安地夹到嘴边。

餐馆里有一道名菜“红烧大乌”。大乌就是黑色的体积特大的海参，又名“乌参”。上好的海参要有刺，又叫“刺参”。红烧大乌以淮扬馆子做得最好。五十年前北平西长安街一连有十几家大大小小的淮扬馆子，取名都叫什么什么“春”。我记不得是哪一家“春”了，所做红烧大乌特别好。每一样菜都用大小不同的瓷盖碗。这样既可保温又显得美观。红烧大乌上桌，茶房揭开碗盖，赫然两条大乌并排横卧，把盖碗挤得满满的。吃这道菜不能用筷子，要用羹匙，像吃八宝饭似的一匙匙地挑取。碗里没有配料，顶多有三五条冬笋。但是汁浆很浓，里面还羼有虾子。这道菜的妙处，不在味道，而是在对我们触觉的满足。我们品尝美味有时兼顾到触觉。红烧大乌吃在嘴里，有滑软细腻的感觉，不是一味的烂，而是烂中保有一点酥脆的味道。这道菜如果火候不到，则海参的韧性未除，隐隐然和齿牙作对，便非上乘了。我离开北平之后还没尝过标准的海参。

“凉拌海参”又是一种吃法。夏天谁都想吃一点凉的东西，酒席上四个冷荤，其实不冷，不如把四个冷荤免除，换上一大盘凉拌海参。海参煮过冷却，切成长长的细丝，越细越好，放进冰箱待用。另外预备一小碗三合油（酱油、醋、麻油），一小碗稀释了的芝麻酱，一小碟蒜泥，上桌时把这配料浇在海参上拌匀，既凉且香，非常爽口，比里脊丝拉皮好吃多了。这是我先君传授给我的吃法，屡试皆受欢迎。

熘黄菜

黄菜指鸡蛋。北平人常避免说蛋字，因为它不雅，我也不知为什么不雅。“木樨”“芙蓉”“鸡子儿”都是代用词。更进一步“鸡”字也忌讳，往往称为“牲口”。

熘黄菜不是炒鸡蛋。北方馆子常用为一道外敬的菜。就如同“三不粘”“炸元宵”之类，是奉赠性质。天津馆子最爱外敬，往往客人点四五道菜，馆子就外敬三四道，这样离谱的外敬，虽说不是什么贵重的菜色，也使顾客觉得不安。

熘黄菜是用猪油做的，要把鸡蛋黄制成糊状，故日“熘”。蛋黄糊里加荸荠丁，表面撒一些清酱肉或火腿屑，用调羹舀来吃，色、香、味俱佳。家里有时宴客，如果做什么芙蓉干贝之类，专用蛋白，蛋黄留着无用，这时候就可以考虑做一盆熘黄菜了。馆子里之所以常外敬熘黄菜，可能也是剩余的蛋黄无处打发，落得外敬做人情了。

我在家里试做好几次熘黄菜都失败了，炒出来是一块块的，不成糊状。后来请教一位亲戚，承她指点，方得诀窍。原来蛋黄打过加水，还要再加芡粉（多加则稠，少加则稀），入旺油锅中翻搅之即成。凡事皆有一定的程序、材料，不是暗中摸索所能轻易成功的。

自从试做成功，便常利用剩余的蛋黄炮制。直到有一天我胆结石症发，入院照X光，医嘱先吞鸡蛋黄一枚，我才知道鸡蛋黄有什么作用。原来蛋黄几乎全是脂肪，生吞下去之后胆囊受到刺激，立刻大量放出胆汁，这时候给胆囊照相便照得最清楚。此后我是无胆之人，见了熘黄菜便敬而远之，由有胆的人去享受了。

笋

我们中国人好吃竹笋。《诗经·大雅·韩奕》：“其蔌维何，维笋及蒲。”可见自古以来，就视竹笋为上好的蔬菜。唐朝还有专员管理植竹，《唐书·百官志》：“司竹监掌植竹苇……岁以笋供尚食。”到了宋朝的苏东坡，初到黄州立刻就吟出“长江绕郭知鱼美，好竹连山觉笋香”之句，后来传诵一时的“无竹令人俗，无肉使人瘦。若要不俗也不瘦，餐餐笋煮肉”，更是明白表示笋是餐餐所不可少的。不但人爱吃笋，熊猫也非吃竹枝竹叶不可，竹林若是开了花，熊猫如不迁徙便会饿死。

笋，竹萌也。竹类非一，生笋的季节亦异，所以笋也有不同种类。苦竹之笋当然味苦，但是苦的程度不同。太苦的笋难以入口，微苦则亦别有风味，如食苦瓜、苦菜、苦酒，并不嫌其味苦。苦笋先煮一过，可以稍减苦味。苏东坡是吃笋专家，他不排斥苦笋，有句云：“久抛松菊犹细事，苦笋江豚那忍说？”他对苦笋还念念不忘呢。黄鲁直曾调侃他：“公如端为苦笋归，明日春衫诚可脱。”为了吃苦笋，连官都可以不做。我们在台湾夏季所吃到的鲜笋，非常脆嫩，有时候不善挑选的人也会买到微带苦味的。好像从笋的外表形状就可以知道其是否苦笋。

春笋不但细嫩清脆，而且样子也漂亮。细细长长的，洁白光润，没有一点瑕疵。春雨之后，竹笋骤发，水分充足，纤维特细。古人形容妇女手指之美常曰春笋。“秋波浅浅银灯下，春笋纤纤玉镜前。”（《剪灯余话》）这比喻不算夸张，你若是没见过春笋一般的手指，那是你所见不广。春笋怎样做都好，煎炒煨炖，无不佳妙。油焖笋非春笋不可，而春笋季节不长，故罐头油焖笋一向颇受欢迎，唯近制多粗制滥造耳。

冬笋最美。杜甫《发秦州》：“密竹复冬笋。”好像是他一路挖冬笋吃。冬笋不生在地面，是藏在土里的，需要掘出来。因其深藏不露，所以质地细密。北方竹子少，冬笋是外来的，相当贵重。在北平馆子里叫一盘“炒二冬”（冬笋、冬菇）就算是好菜。东兴楼的“虾子烧冬笋”，春华楼的“火腿煨冬笋”，都是名菜。过年的时候，若是以一蒲包的冬笋、一蒲包的黄瓜送人，这份礼不轻，而且也投老饕之所好。我从小最爱吃的一道菜，就是冬笋炒肉丝，加一点韭黄、木耳，临起锅浇一勺绍兴酒，认为那是无上妙品——但是一定要我母亲亲自掌勺。

笋尖也是好东西，杭州的最好。在北平有时候深巷里发出跑单帮的杭州来的小贩叫卖声，他背负大竹筐，有一小竹篓的笋尖兜售。他的笋尖是比较新鲜的，所以还有些软。肉丝炒笋尖很有味，羼在素什锦或烤麸之类里面也好，甚至以笋尖烧豆腐也别有风味。笋尖之外还有所谓“素火腿”者，是大片的制炼过的干笋，黑黑的，可以当作零食啃。

究竟笋是越鲜越好。有一年我随舅氏游西湖，在灵隐寺前面的一家餐馆进膳，是素菜馆，但是一盘冬菇烧笋真是做得出神入化，主要是因为笋新鲜。前些年一位朋友避暑上狮头山住最高处一尼庵，贻书给我说：“山居多佳趣，每日素斋有新砍之笋，味绝鲜美，盍来共尝？”我没去，至今引以为憾。

关于冬笋，台南陆国基先生赐书有所补正，他说：“‘冬笋不生在地面，冬天是藏在土里’这两句话若改为‘冬笋是生长在土里’，较为简明。兹将冬笋生长过程略述于后。我们常吃的冬笋为孟宗竹笋（台湾建屋搭鹰架用竹），是笋中较好吃的一种，隔年初秋，从地下茎上发芽，慢慢生长，至冬天已可挖吃。竹的地下茎，在土中深浅不一，离地面约十公分所生竹笋，其尖（芽）端已露出土壤，笋箨呈青绿。离地表面约尺许所生竹笋，冬天尚未露出土表，观土面隆起，布有新细缝者，即为竹笋所在。用锄挖出，笋箨淡黄。若离地面一尺以下所生竹笋，地面表无迹象，殊难找着。要是掘笋老手，观竹枝开展，则知地下茎方向，亦可挖到竹笋。至春暖花开，雨水充足，深土中竹笋迅速伸出地面，即称春笋。实际冬笋、春笋原为一物，只是出土有先后，季节不同。所有竹笋未出地面都较好吃，非独孟宗竹为然。”附此致谢。

吃相

一位外国朋友告诉我，他旅游西南某地的时候，偶于餐馆进食，忽闻壁板砰砰作响，其声清脆，密集如连珠炮，向人打听才知道是邻座食客正在大啖其糖醋排骨。这一道菜是这餐馆的拿手菜，顾客欣赏这个美味之余，顺嘴把骨头往旁边喷吐，你也吐，我也吐，所以把壁板打得叮叮当当响。不但顾客为之快意，店主人听了也觉得脸上光彩，认为这是大家为他捧场。这位外国朋友问我这是不是国内各地普遍的风俗，我告诉他我走过十几省还不曾遇见过这样的场面，而且当场若无壁板设备，或是顾客嘴部筋肉不够发达，此种盛况即不易发生。可是我心中暗想，天下之大，无奇不有，这样的事恐怕亦不无发生的可能。

《礼记》有“毋啮骨”之诫，大概包括啃骨头的举动在内。糖醋排骨的肉与骨是比较容易脱离的，大块的骨头上所连带着的肉若是用牙齿咬断下来，那龇牙咧嘴的样子便觉不大雅观。所以“割不正不食”“席不正不坐”都是对于在桌面上进膳的人而言，啮骨应该是桌底下另外一种动物所做的事。不要以为我们一部分人把排骨吐得噼啪响便断定我们的吃相不佳。各地有各地的风俗习惯。世界上至今还有不少地方是用手抓食的。听说他们是用右手取食，左手则专供做另一种肮脏的事，不可混用，可见也还注重清洁。我不知道像咖喱鸡饭一类黏糊糊的东西如何用手指往嘴里送。用手取食，原是古已有之的老法。罗马皇帝尼禄大宴群臣，他从一只硕大无比的烤鹅身上扯下一条大腿，手举着鼓槌，歪着脖子啃而食之，那副贪婪无厌的饕餮相我们可于想象中得之。罗马的光荣不过尔尔，等而下之不必论了。欧洲中古时代，餐桌上的刀叉是奢侈品，从十一到十五世纪不曾被普遍使用，有些人自备刀叉随身携带，这种作风一直延至十八世纪还偶尔可见，据说在酷嗜通心粉的国度里，市廛道旁随处都有贩卖通心粉的摊子，食客都是伸出右手像是五股钢叉一般把粉条一卷就送到口里，干净利落。

不要耻笑西方风俗鄙陋，我们泱泱大国自古以来也是双手万能。《礼记》：“共饭不泽手。”吕氏注曰：“不泽手者，古之饭者以手，与人共饭，摩手而有汗泽，人将恶之而难言。”饭前把手洗洗揩揩也就是了。樊哙把一块生猪肘子放在铁盾上拔剑而啖之，那是鸿门宴上的精彩节目，可是那个吃相也就很可观了。我们不愿意在餐桌上挥刀舞叉，我们的吃饭工具主要是筷子，筷子即箸，古称“饭”。细细的两根竹筷，捆在手上，运动自如，能戳、能夹、能撮、能扒，神乎其技。不过我们至今也还有用手进食的地方，像从兰州到新疆，

“抓饭”“抓肉”都是很驰名的。我们即使运用筷子，也不能不有相当的约束，若是频频夹取如金鸡乱点头，或挑肥拣瘦地在盘碗里翻翻弄弄如拨草寻蛇，就不雅观。

餐桌礼仪，中西都有一套。外国的餐前祈祷，兰姆的描写可谓淋漓尽致。家长在那里低头闭眼口中念念有词，孩子们很少不在那里做鬼脸的。我们幸而极少宗教观念，小时候不敢在碗里留下饭粒，是怕长大了娶麻子媳妇；不敢把饭粒落在地上，是怕天打雷劈。喝汤而不准吮吸出声是外国规矩，我想这规矩不算太苛，因为外国的汤盆很浅，好像都是狐狸请鹭鸶吃饭时所使用的器皿，一盆汤端到桌上不可能是烫嘴热的，慢一点灌进嘴里去就可以不至于出声。若是喝一口我们的所谓“天下第一菜”口蘑锅巴汤而不出一点声音，岂不强人所难？从前我在北方家居，邻户是一个治安机关，隔着一堵墙，墙那边经常有几十口子在院子里进膳，我可以清晰地听到“呼噜，呼噜，呼——噜”的声响，然后是“咔嚓”一声。他们是在吃炸酱面，于猛吸面条之后咬一口生蒜瓣。

餐桌的礼仪要重视，不要太重视。外国人吃饭不但要席正，而且挺直腰板，把食物送到嘴边。我们“食不厌精，脍不厌细”，要维持那种姿势便不容易。我见过一位女士，她的嘴并不比一般人小多少，但是她喝汤的时候真能把上下唇撮成一颗樱桃那样大，然后以匙尖触到口边徐徐吮饮之。这和把整个调羹送到嘴里面去的人比较起来，又近于矫枉过正了。人生贵适意，在环境许可的时候是不妨稍为放肆一点的。吃饭而能充分享受，没有什么太多礼法的约束，细嚼慢咽，或风卷残云，均无不可，吃的时候怡然自得，吃完之后抹抹嘴鼓腹而游，像这样的乐事并不常见。我看见过一次真正痛快淋漓的吃，印象至今犹新。一次在北京的“灶温”，那是一爿地道的北京小吃馆。棉帘起处，进来了一位赶车的，辫子盘在额上，大摇大摆，手里托着菜叶裹着的生猪肉一块，提着一根马兰系着的一撮韭黄，把食物往柜台上一拍：“掌柜的，烙一斤饼！再来一碗炖肉！”等一下，肉丝炒韭黄端上来了，两张家常饼、一碗炖肉也端上来了。他把菜肴分为两份，一份倒在一张饼上，把饼一卷，比拳头要粗，两手扶着矗立在盘子上，张开血盆巨口，左一口，右一口，中间一口！不大的工夫，一张饼下肚，又一张也不见了，直吃得他青筋暴露、满脸大汗，挺起腰身连打两个大饱嗝。上面这个景象，我久久不能忘，他们都是自食其力的人，心里坦荡荡的，饿来吃饭，取其充腹，管什么吃相！

馋

馋，在英文里找不到一个十分适当的字。罗马暴君尼禄，以至于英国的亨利八世，在大宴群臣的时候，常见其撕下一根根又粗又壮的鸡腿，举起来大嚼，旁若无人，好一副饕餮相！但那不是馋。埃及废王法鲁克，据说每天早餐一口气吃二十个荷包蛋，也不是馋，只是放肆，只是没有吃相。对于某一种食物有所偏好，于是大量地吃，这是贪多无厌。馋，则着重在食物的质，最需要满足的是品位。上天生人，在他嘴里安放一条舌，舌上还有无数的味蕾，教人焉得不馋？馋，基于生理的要求；也可以发展成为近于艺术的趣味。

也许我们中国人特别馋一些，“馋”字从食，毚声。“毚”音“谗”，本义是狡兔，善于奔走，人为了口腹之欲，不惜多方奔走一膏馋吻，所谓“为了一张嘴，跑断两条腿”。真正的馋人，为了吃，绝不懒。我有一位亲戚，属汉军旗，又穷又馋。一日傍晚，大风雪，老头子缩头缩脑偎着小煤炉子取暖。他的儿子下班回家，顺路市得四只鸭梨，以一只奉其父。父得梨，大喜，当即啃了半只，随后就披衣戴帽，拿着一只小碗，冲出门外，在风雪交加中不见了人影。他的儿子只听得大门哐啷一声响，追已无及。约一小时，老头子托着小碗回来了，原来他是要吃榅桲拌梨丝！从前酒席，一上来就是四干、四鲜、四蜜饯，榅桲、鸭梨是现成的，饭后一盘榅桲拌梨丝别有风味（没有鸭梨的时候白菜心也能代替）。这老头子吃剩半个梨，突然想起此味，乃不惜于风雪之中奔走一小时。这就是馋。

人之最馋的时候是在想吃一样东西而又不可得的那一段期间。希腊神话中之谭塔勒斯，水深及颌而不得饮，果实当前而不得食，饿火中烧，痛苦万状，他的感觉不是馋，是求生不成求死不得。馋没有这样的严重。人之犯馋，是在饱暖之余，眼看着、回想起或是谈论到某一美味，喉头像是有馋虫搔抓作痒，只好干咽唾沫。一旦得遂所愿，恣情享受，浑身通泰。抗战七八年，我在后方，真想吃故都的食物，人就是这个样子，对于家乡风味总是念念不忘，其实“千里莼羹，未下盐豉”也不见得像传说的那样迷人。我曾痴想北平羊头肉的风味，想了七八年；胜利还乡之后，一个冬夜，听得深巷卖羊头肉小贩的吆喝声，立即从被窝里爬出来，把小贩唤进门洞，我坐在懒凳上看着他于暗淡的油灯照明之下，抽出一把雪亮的薄刀，横着刀刃片羊脸子，片得飞薄，然后取出一只蒙着纱布的羊角，撒上一些椒盐。我托着一盘羊头肉，重新钻进被窝，在枕上一片一片地把羊头肉放进嘴里，不知不觉地进入了睡乡，十分满足地解了馋瘾。但是，老实讲，滋味虽好，总不及在痴想时所想象的香。我小时候，早晨跟我哥哥步行到大鹁鸽市陶氏学堂上学，校门口有个小吃摊贩，切下一片片的东西放在碟子上，洒上红糖汁、玫瑰木樨，淡紫色，样子实在令人馋涎欲滴。走近看，知道是糯米藕。一问价钱，要四个铜板，而我们早点费每天只有两个铜板，我们当下决定，饿一天，明天就可以一尝异味。所付代价太大，所以也不能常吃。糯米藕一直在我心中留下不可磨灭的印象。后来成家立业，想吃糯米藕不费吹灰之力，餐馆里有时也有供应，不过浅尝辄止，不复有当年之馋。

馋与阶级无关。豪富人家，日食万钱，犹云无下箸处，是因为他这种所谓饮食之人放纵过度，连馋的本能和机会都被剥夺了，他不是不馋，也不是太馋，他麻木了，所以他就要千方百计地在食物方面寻求新的材料、新的刺激。我有一位朋友，湖南桂东县人，他那偏僻小县却因乳猪而著名，他告我说每年某巨公派人前去采购乳猪，搭飞机运走，充实他的郇厨。烤乳猪，何地无之？何必远求？我还记得有人做寿筵，客有专诚献“烤方”者，选尺余见方的细皮嫩肉的猪臀一整块，用铁钩挂在架上，以炭火燔炙，时而武火，时而文火，烤数小时而皮焦肉熟。上桌时，先是一盘脆皮，随后是大薄片的白肉，其味绝美，与广东的烤猪或北平的炉肉风味不同，使得一桌的珍馐相形见绌。可见天下之口有同嗜，普通的一块上好的猪肉，苟处理得法，即快朵颐。像《世说新语》所谓，王武子家的烝豚，乃是以人乳喂养的，实在觉得多此一举，怪不得魏武未终席而去。人是肉食动物，不必等到“七十者可以食肉矣”，平素有一些肉类佐餐，也就可以满足了。

北平人馋，可是也没听说有谁真个馋死，或是为了馋而倾家荡产。大抵好吃的东西都有个季节，逢时按节地享受一番，会因自然调节而不逾矩。开春吃春饼，随后黄花鱼上市，紧接着大头鱼也来了，恰巧这时候后院花椒树发芽，正好掐下来烹鱼。鱼季过后，青蛤当令。紫藤花开，吃藤萝饼；玫瑰花开，吃玫瑰饼；还有枣泥大花糕。到了夏季，“老鸡头才上河哟”，紧接着是菱角、莲蓬、藕、豌豆糕、驴打滚、艾窝窝，一起出现。席上常见水晶肘，坊间唱卖烧羊肉，这时候嫩黄瓜、新蒜头应时而至。秋风一起，先闻到糖炒栗子的气味，然后就是馋烤涮羊肉，还有七尖八团的大螃蟹。“老婆老婆你别馋，过了腊八就是年。”过年前后，食物的丰盛就更不必细说。一年四季地馋，周而复始地吃。

馋非罪，反而是胃口好、健康的现象，比食而不知其味要好得多。

由熊掌说起

《中国语文》二〇六期（第三十五卷第二期）刘厚醇先生《动物借用词》一文：

> “鱼，我所欲也，熊掌，亦我所欲也；二者不可得兼，舍鱼而取熊掌也。”这是孟子的话。我怀疑孟子是否真吃过熊掌，我确信本刊的读者里没有人吃过熊掌。孟子这句话的意思是：假如不可能两个目标同时达到，应该放弃比较差一点的一个，而选择比较好一点的一个目标。熊掌和猩唇、驼峰全属于“八珍”，孟子用它来代表珍贵的东西；鱼是普通食物，代表平凡的东西。“鱼与熊掌”现在已经成为广泛通用的一句话，因为这个譬喻又简单又确切。（虽然差不多所有的人全没吃过熊掌；如果当真地叫一般人去选择的话，恐怕全要“舍熊掌而取鱼也”！）

我也不知道孟子是否真吃过熊掌。若说“本刊的读者里没有人吃过熊掌”，则我不敢“确信”，因为我是“本刊的读者”之一，我吃过。

一九二二至一九二三年间，有一天侍先君到北京东兴楼小酌。我们平常到饭馆去是有固定的房间的，这一天堂倌抱歉地说：“上房一排五间都被王正廷先生预订了，要委屈二位在南房左边一间将就一下。”这无所谓。不久，只见上房灯火辉煌，衣冠济济，场面果然很大。堂倌给我们上菜之后，小声私语：“今天实在对不起，等一下我有一点外敬。”随后他端上了一盘热腾腾、黏糊糊的东西。他说今天王正廷宴客，有熊掌一味，他偷偷地匀出来一小盘，请我们尝尝。这虽然近似贼赃，但他一番雅意却之不恭，而且这东西的来历如何也正难言。一饮一啄，莫非前定。我们也就接受了。

熊掌吃在嘴里，像是一块肥肉，像是“寿司”，又像是鱼唇，又软又黏又烂又腻。高汤煨炖，味自不恶，但在触觉方面并不感觉愉快，不但不愉快，而且好像难以下咽。我们没有下第二箸，真是辜负了堂倌为我们做贼的好意。如果我有选择的自由，我宁舍熊掌而取鱼。

事有凑巧，初尝异味之后不久，过年的时候，厚德福饭庄黑龙江分号执事送来一大包东西，大概是年礼吧，打开一看，赫然熊掌，黑不溜秋的，上面还附带着一些棕色的硬毛。据说熊掌须用水发，发好久好久，然后洗净切片下锅煨煮，又要煮好久好久。而且煨煮之时还要放进许多美味的东西以为佐料。谁有闲工夫搞这个劳什子！熊掌既为八珍之一，干脆，转送他人。

所谓八珍，历来的说法不尽相同，《礼记》内则提到的“淳熬、淳母、炮豚、炮牂、捣珍、渍、熬、肝”，描述制作之法，其原料不外“牛、羊、麋、鹿、麇、豕、狗、狼”，近代的说法好像是包括“龙肝、凤髓、豹胎、鲤尾、鸮炙、猩唇、熊掌、酥酪蝉”。其中一部分好像近于神奇，一部分听起来就怪吓人的。所谓珍，全是动物性的。我常想，上天虽然待人不薄，口腹之欲究竟有个限度，天下之口有同嗜，真正的美食不过是一般色、香、味的享受，不必邪魔外道地去搜求珍异。偶阅明人徐树丕《识小录》，有《居服食三等语》一则：

> 汤东谷语人曰：“学者须居中等屋，服下等衣，食上等食。何者？茅茨土阶，非今所宜。瓦屋八九间，仅藏图书足矣，故曰中等屋。衣不必绫罗锦绣也，夏葛冬布，适寒暑足矣，故曰下等衣。至于饮食，则当远求名胜之物，山珍海错，名茶法酒，色色俱备，庶不为凡流俗士，故曰上等食也。”

中等屋、下等衣，吾无闲言。唯所谓上等食，乃指山珍海味而言，则所见甚陋。以言美食，则鸡鸭鱼肉自是正味，青菜豆腐亦有其香，何必龙肝凤髓方得快意？苟烹调得法，日常食物均可令人满足。以言营养，则蛋白质、碳水化合物、菜蔬瓜果，匀配平衡，饮食之道能事尽矣。我当以为吃在中国，非西方所能望其项背，寻思恐未必然，传统八珍之说徒见其荒诞不经耳。

炸活鱼

报载一段新闻：新加坡禁止餐厅制卖一道中国佳肴“炸活鱼”。据云：“这道用‘北平秘方’烹调出来的佳肴，是一位前来访问的中国大陆厨师引进新加坡的。即把一条活鲤，去鳞后，把两鳃以下部分放到油锅中去炸。炸好的鱼在盘中上桌时，鱼还会喘气。”

我不知道北平有这样的秘方。在北平吃“炝活虾”的人也不多。杭州西湖楼外楼的一道名菜“炝活虾”，我是看见过的，我没敢下箸。从前北平没有多少像样的江浙餐馆，小小的五芳斋、大鸿楼之类，偶尔有炝活虾应市，北方人多半不敢领教。但是我见过正阳楼的伙计表演吃活蟹，活生生的一只大蟹从缸里取出，硬把蟹壳揭开，吮吸其中的蟹黄蟹白。蟹的八足两螯乱挓挲！举起一条欢蹦乱跳的黄河鲤，当着顾客面前往地上一摔，摔得至少半死，这是河南馆子的作风，在北平我没见过这种场面。至于炸活鱼，我听都没有听说过。鱼的下半截已经炸熟，鳃部犹在一鼓一鼓地喘气，如果有此可能，看了令人心悸。

我有一次看一家“东洋御料理”的厨师准备一盘龙虾。从水柜中捞起一只懒洋洋的龙虾，并不“生猛”，略加拂拭之后，咔嚓一下把虾头切下来了，然后剥身上的皮，把肉切成一片片，再把虾头虾尾拼放在盘子里，虾头上的须子仍在舞动。这是东洋御料理。他们“切腹”都干得出来，切一条活龙虾算得什么！

日本人爱吃生鱼，我觉得吃在嘴里，软趴趴的，黏糊糊的，烂糟糟的，不是滋味。我们有时也吃生鱼。西湖楼外楼就有“鱼生”一道菜，取活鱼，切薄片，平铺在盘子上，浇上少许酱油、麻油、料酒，嗜之者觉得其味无穷。云南馆子的过桥米线，少不了一盘生鱼片，广东茶楼的鱼生粥，都是把生鱼片烫熟了吃。君子远庖厨，闻其声不忍食其肉！今所谓“炸活鱼”，乃于吃鱼肉之外还要欣赏其死亡喘息的痛苦表情，诚不知其是何居心。禁之固宜。不过要说这是北平秘方，如果属实，也是最近几十年的新发明。从前的北平人没有这样残忍。

残酷，野蛮，不是新鲜事。人性的一部分本来是残酷、野蛮的。我们好几千年的历史就记载着许多残暴不仁的事，诸如汉朝的吕后把戚夫人“断手足，去眼，煇耳，饮喑药，使居鞠域中，名曰为人彘”；更早的纣王时之“膏铜柱，下加之炭，令有罪者行焉，辄堕炭中，妲己笑，名曰炮烙之刑”。杀人不过头点地，不行，要让他慢慢死，要他供人一笑，这就是人的穷凶极恶的野蛮。人对人尚且如此，对水族的鱼虾还能手下留情？“北平秘方炸活鱼”这种事我宁信其有。生吃活猴脑，有例在前。

西方人的野蛮、残酷一点也不后人。古罗马圆形剧场之纵狮食人，是万千观众的娱乐节目。天主教会之审判异端火烧活人，认为是顺从天意。西班牙人的斗牛，一把把的利剑刺上牛背直到它倒地而死为止，是举国若狂的盛大节目。兽食人，人屠兽，同样的血腥气十足，相形之下炸活鱼又不算怎样特别残酷了。

野蛮、残酷的习性深植在人性里面，经过多年文化陶冶，有时尚不免暴露出来。荀子主性恶，有他一面的道理。他说："纵性情，安姿睢，而违礼义者为小人。"炸活鱼者，小人哉！

饮酒

酒实在是妙，几杯落肚之后就会觉得飘飘然、醺醺然。平素道貌岸然的人，也会绽出笑脸；一向沉默寡言的人，也会谈笑风生。再灌下几杯之后，所有的苦闷烦恼全都忘了，酒酣耳热，只觉得意气飞扬，不可一世，若不及时知止，可就难免玉山颓欹，剔吐纵横，甚至撒疯骂座，以及种种的酒失酒过全部地呈现出来。莎士比亚的《暴风雨》里的卡力班，那个象征原始人的怪物，初尝酒味，觉得妙不可言，以为把酒给他喝的那个人是自天而降，以为酒是甘露琼浆，不是人间所有物。美洲印第安人初与白人接触，就是被酒所倾倒，往往不惜举土地界人以换一些酒浆。印第安人的衰灭，至少一部分是由于他们的荒腆于酒。

我们中国人饮酒，历史久远。发明酒者，一说是仪狄，又说是杜康。仪狄夏朝人，杜康周朝人（按：杜康实为夏朝人），相距很远，总之是无可稽考。也许制酿的原料不同、方法不同，所以仪狄的酒未必就是杜康的酒。《尚书》有《酒诰》之篇，谆谆以酒为戒，一再地说“祀兹酒”（停止这样的喝酒），“无彝酒”（勿常饮酒），想见古人饮酒早已相习成风，而且到了“大乱丧德”的地步。三代以上的事多不可考，不过从汉起就有酒榷之说，以后各代因之，都是课税以裕国帑，并没有寓禁于征的意思。酒很难禁绝，美国一九二〇年起实施酒禁，雷厉风行，依然到处都有酒喝。当时笔者道出纽约，有一天友人邀我食于某中国餐馆，入门直趋后室，索五加皮，开怀畅饮。忽警察闯入，友人止予勿惊。这位警察徐徐就座，解手枪，锵然置于桌上，索五加皮独酌，不久即伏案酣睡。一九三三年酒禁废，直如一场儿戏。民之所好，非政令所能强制。在我们中国，汉萧何造律：“三人以上无故群饮酒，罚金四两。”此律不曾彻底实行。事实上，酒楼妓馆处处笙歌，无时不飞觞醉月。文人雅士水边修禊，山上登高，一向离不开酒。名士风流，以为持螯把酒，便足了一生，甚至于酣饮无度，扬言“死便埋我”，好像大量饮酒不是什么不很体面的事，真所谓“酗于酒德”。

对于酒，我有过多年的体验。第一次醉是在六岁的时候，侍先君饭于致美斋（北平煤市街路西）楼上雅座。连喝几盅之后，微有醉意，先君禁我再喝，我一声不响站立在椅子上舀了一匙高汤，泼在他的一件两截衫上。随后我就倒在旁边的小木炕上呼呼大睡。回家之后才醒。我的父母都喜欢酒，所以我一直都有喝酒的机会。“酒有别肠，不必长大”，语见《十国春秋》，意思是说酒量的大小与身体的大小不必成正比例，壮健者未必能饮，瘦小者也许能鲸吸。我小时候就是瘦弱如一根绿豆芽。酒量是可以慢慢磨炼出来的，不过有其极限。我的酒量不大，我也没有亲见过一般人所艳称的那种所谓海量。古代传说“文王饮酒千盅，孔子百觚”，王充《论衡·语增篇》就大加驳斥，他说：“文王之身如防风之君，孔子之体如长狄之人，乃能堪之。”且“文王孔子率礼之人也”，何至于醉酗乱身？就我孤陋的见闻所及，无论是“青州从事”或“平原督邮”，大抵白酒一斤或黄酒三五斤即足以令任何人头昏目眩、黏牙倒齿。唯酒无量，以不及于乱为度，看各人自制力如何耳。不为酒困，便是高手。

酒不能解忧，只是令人在由兴奋到麻醉的过程中暂时忘怀一切。即刘伶所谓“无思无虑，其乐陶陶”。可是酒醒之后，所谓“忧心如酲”，那份病酒的滋味很不好受，所付代价也不算小。我在青岛居住的时候，那地方背山面海，风景如绘，在很多人心目中是最理想的卜居之所，唯一缺憾是很少文化背景，没有古迹耐人寻味，也没有适当的娱乐。看山观海，久了也会腻烦，于是呼朋聚饮，三日一小饮，五日一大宴，划拳行令，三十斤花雕一坛，一夕而罄。七名酒徒加上一位女史，正好八仙之数，乃自命为酒中八仙。有时且结伙远征，近则济南，远则南京、北京，不自谦抑，狂言“酒压胶济一带，拳打南北二京”，高自期许，俨然豪气干云的样子。当时作践了身体，这笔账日后要算。一日，胡适之先生过青岛小憩，在宴席上看到八仙过海的盛况大吃一惊，急忙取出他太太给他的一个金戒指，上面镌有“戒”字，戴在手上，表示免战。过后不久，胡先生就写信给我说：“看你们喝酒的样子，就知道青岛不宜久居，还是到北京来吧！”我就到北京去了。现在回想当年酗酒，哪里算得是勇，简直是狂。

酒能削弱人的自制力，所以有人酒后狂笑不止，也有人痛哭不已，更有人口吐洋语滔滔不绝，也许会把平素不敢告人之事吐露一二，甚至把别人的阴私当众抖搂出来。最令人难堪的是强人饮酒，或单挑，或围剿，或投下井之石，千方万计要把别人灌醉，有人诉诸武力，捏着人家的鼻子灌酒！这也许是人类长久压抑下的一部分兽性之发泄，企图获取胜利的满足，比拿起石棒给人迎头一击要文明一些而已。那咄咄逼人的声嘶力竭的划拳，在赢拳的时候，那一声拖长了的绝叫，也是表示内心的一种满足。在别处得不到满足，就让他们在聚饮的时候如愿以偿吧！只是这种闹饮，以在有隔音设备的房间里举行为宜，免得侵扰他人。

《菜根谭》所谓“花看半开，酒饮微醺”的趣味，才是最令人低回的境界。

喝茶

我不善品茶，不通茶经，更不懂什么茶道，从无两腋之下习习生风的经验。但是，数十年来，喝过不少茶，北平的双窨、天津的大叶、西湖的龙井、六安的瓜片、四川的沱茶、云南的普洱、洞庭湖的君山茶、武夷山的岩茶，甚至不登大雅之堂的茶叶梗与满天星随壶净的高末儿，都尝试过。茶是我们中国人的饮料，口干解渴，唯茶是尚。茶字，形近于荼，声近于槚，来源甚古，流传海外，凡是有中国人的地方就有茶。人无贵贱，谁都有份，上焉者细啜名种，下焉者牛饮茶汤，甚至路边埂畔还有人奉茶。北人早起，路上相逢，辄问讯："喝茶未？"茶是开门七件事之一，乃人生必需品。

孩提时，屋里有一把大茶壶，坐在一个有棉衬垫的藤箱里，相当保温，要喝茶自己斟。我们用的是绿豆碗，这种碗大号的是饭碗，小号的是茶碗，做绿豆色，粗糙耐用，当然和宋瓷不能比，和江西瓷不能比，和洋瓷也不能比，可是有一股朴实厚重的风貌，现在这种碗早已绝迹，我很怀念。这种碗打破了不值几文钱，脑勺子上也不至于挨巴掌。银托白瓷小盖碗是祖父母专用的，我们看着并不羡慕。看那小小的一盏，两口就喝光，泡两三回就得换茶叶，多麻烦。如今盖碗很少见了，除非是到“故宫博物院”拜会蒋院长，他那大客厅里总是会端出盖碗茶敬客。再不就是在电视剧中也常看见有盖碗茶，可是演员一手执盖一手执碗缩着脖子啜茶那副狼狈相，令人发噱，因为他不知道喝盖碗茶应该是怎样的喝法。他平素自己喝茶大概一直是用玻璃杯、保温杯之类。如今，我们此地见到的盖碗，多半是近年来本地制造的“万寿无疆”的那种样式，瓷厚了一些；日本制的盖碗，样式微有不同，总觉得有些怪怪的。近有人回大陆，顺便探视我的旧居，带来我三十多年前天天使用的一只瓷盖碗，原是十二套，只剩此一套了，碗沿还有一点磕损，睹此旧物，勾起往日的心情，不禁黯然。盖碗究竟是最好的茶具。

茶叶品种繁多，各有擅场。有友来自徽州，同学清华，徽州产茶胜地，但是他看到我用一撮茶叶放在壶里沏茶，表示惊讶，因为他只知道茶叶是烘干打包捆载上船沿江运到沪杭求售，剩下来的茶梗才是家人饮用之物。恰如北人所谓“卖席的睡凉炕”。我平素喝茶，不是香片就是龙井，多次到大栅栏东鸿记或西鸿记去买茶叶，在柜台前面一站，徒弟搬来凳子让坐，看伙计称茶叶，分成若干小包，包得见棱见角，那份手艺只有药铺伙计可以媲美。茉莉花窨过的茶叶，临卖的时候再抓一把鲜茉莉花放在表面上，所以叫作双窨。于是茶店里经常是茶香花香，郁郁菲菲。父执有名玉贵者，旗人，精于饮馔，居恒以一半香片一半龙井混合沏之，有香片之浓馥，兼龙井之苦清。吾家效而行之，无不称善。花以人名，乃径呼此茶为“玉贵”，私家秘传，外人无由得知。

其实，清茶最为风雅。抗战前造访知堂老人[①]于苦茶庵，主客相对总是有清茶一盅，淡淡的、涩涩的、绿绿的。我曾屡侍先君游西子湖，从不忘记品尝当地的龙井，不需要攀登南高峰风篁岭，近处平湖秋月就有上好的龙井茶，开水现冲，风味绝佳。茶后进藕粉一碗，四美具矣。正是“穿牖而来，夏日清风冬日日；卷帘相见，前山明月后山山”（骆成骧联）。有朋自六安来，贻我瓜片少许，叶大而绿，饮之有荒野的气息扑鼻。其中西瓜茶一种，真有西瓜风味。我曾过洞庭，舟泊岳阳楼下，购得君山茶一盒。沸水沏之，每片茶叶均如针状直立漂浮，良久始舒展下沉，味品清香不俗。

初来台湾，粗茶淡饭，颇想倾阮囊之所有在饮茶一端偶作豪华之享受。一日过某茶店，索上好龙井，店主将我上下打量，取八元一斤之茶叶以应，余示不满，乃更以十二元者奉上，余仍不满，店主勃然色变，厉声曰：“买东西，看货色，不能专以价钱定上下。提高价格，自欺欺人耳！先生奈何不察？”我爱其憨直。现在此茶店门庭若市，已成为业中之翘楚。此后我饮茶，但论品位，不问价钱。

茶之以浓酽胜者莫过于工夫茶。《潮嘉风月记》说工夫茶要细炭

① 即周作人。

初沸连壶带碗泼浇，斟而细呷之，气味芳烈，较嚼梅花更为清绝。我没嚼过梅花，不过我旅居青岛时有一位潮州澄海朋友，每次聚饮酩酊，辄相偕走访一潮州帮巨商于其店肆。肆后有密室，烟具、茶具均极考究，小壶、小盅有如玩具。更有娈婉丱童伺候煮茶、烧烟，因此经常饱吃工夫茶，诸如铁观音、大红袍，吃了之后还携带几匣回家。不知是否故弄玄虚，谓炉火与茶具相距以七步为度，沸水之温度方合标准。举小盅而饮之，若饮罢径自返盅于盘，则主人不悦，须举盅至鼻头猛嗅两下。这茶最有解酒之功，如嚼橄榄，舌根微涩，数巡之后，好像是越喝越渴，欲罢不能。喝工夫茶，要有工夫，细呷细品，要有设备，要人服侍，如今乱糟糟的社会里谁有那么多的工夫？红泥小火炉哪里去找？伺候茶汤的人更无论矣。普洱茶，漆黑一团，据说也有绿色者，泡烹出来黑不溜秋，粤人喜之。在北平，我只在正阳楼看人吃烤肉，吃得口滑肚子膨脝不得动弹，才高呼堂倌泡普洱茶。四川的沱茶亦不恶，唯一般茶馆应市者非上品。台湾的乌龙名震中外，大量生产，佳者不易得。处处标榜冻顶，事实上哪里有那么多的冻顶？

喝茶，喝好茶，往事如烟。提起喝茶的艺术，现在好像谈不到了，不提也罢。

北平的零食小贩

北平人馋。馋，据字典说是“贪食也”，其实不只是贪食，是贪食各种美味之食。美味当前，固然馋涎欲滴，即使闲来无事，馋虫亦在咽喉中抓挠，迫切地需要一点什么以膏馋吻。三餐时固然希望膏粱罗列，任我下箸，三餐以外的时间也一样地想馋嚼，以锻炼其咀嚼筋。看鹭鸶的长颈都有一点羡慕，因为颈长可能享受更多的徐徐下咽之感，此之谓馋，“馋”字在外国语中无适当的字可以代替，所以讲到馋，真“不足为外人道”。有人说北平人之所以特别馋，是由于当年的八旗子弟游手好闲的太多。闲就要生事，在吃上打主意自然也是可以理解的。所以各式各样的零食小贩便应运而生，自晨至夜逡巡于大街小巷之中。

北平小贩的吆喝声是很特殊的。我不知道这与评剧有无关系，其抑扬顿挫，变化颇多，有的豪放如唱大花脸，有的沉闷如黑头，又有的清脆如生旦，在白昼给浩浩欲沸的市声平添不少情趣，在夜晚又给寂静的夜带来一些凄凉。细听小贩的呼声，则有直譬，有隐喻，有时竟像谜语一般的耐人寻味。而且他们的吆喝声，数十年如一日，不曾有过改变。我如今闭目沉思，北平零食小贩的呼声俨然在耳，一个个的如在目前。现在让我就记忆所及，细细数说。

首先让我提起“豆汁”。绿豆渣发酵后煮成稀汤，是为豆汁，淡草绿色而又微黄，味酸而又带一点霉味，稠稠的、浑浑的、热热的。佐以辣咸菜，即“棺材板”切细丝，加芹菜梗，辣椒丝或末。有时亦备较高级之酱菜如酱萝卜、酱黄瓜之类，但反不如辣咸菜之可口，午后啜三两碗，愈吃愈辣、愈辣愈喝、愈喝愈热，终至大汗淋漓，舌尖麻木而止。北平城里人没有不嗜豆汁者，但一出城则豆渣只有喂猪的份，乡下人没有喝豆汁的。外省人居住北平二三十年往往不能养成喝豆汁的习惯。能喝豆汁的人才算是真正的北平人。

其次是“灌肠”。后门桥头那一家的大灌肠，是真的猪肠做的，遐迩驰名，但嫌油腻。小贩的灌肠虽有肠之名实则并非是肠，仅具肠形，一条条的以芡粉为主所做成的橛子，切成不规则形的小片，放在平底大油锅上煎炸，炸得焦焦的，蘸蒜盐汁吃。据说那油不是普通油，是从作坊里从马肉等熬出来的油，所以有着一种怪味。单闻那种油味，能把人恶心死，但炸出来的灌肠，喷香！

从下午起有沿街叫卖“面筋哟！”者，你喊他时须喊：“卖熏鱼儿的！”他来到你门口打开他的背盒由你拣选时却主要的是猪头肉。除猪头肉的脸子、只皮、口条之外还有脑子、肝、肠、苦肠、心头、蹄筋等，外带着别有风味的干硬的火烧。刀口上手艺非凡，从夹板缝里抽出一把飞薄的刀，横着削切，把猪头肉切得出薄如纸，塞在那火烧里食之，熏味扑鼻！这种卤味好像不能登大雅之堂，但是在煨煮熏制中有特殊的风味，离开北平便尝不到。

也有推着车子卖“烧羊脖子烧羊肉”的。烧羊肉是经过煮和炸两道手续的，除肉之外还有肚子和卤汤。在夏天佐以黄瓜、大蒜是最好的下面之物。推车卖的不及街上羊肉铺所发售的，但慰情聊胜于无。

北平的“豆腐脑”，异于川湘的豆花，是哆里哆嗦的软嫩豆腐，上面浇一勺卤，再加蒜泥。

“老豆腐”另是一种东西，是把豆腐煮出了蜂窠，加芝麻酱、韭菜末、辣椒等佐料，热乎乎的连吃带喝亦颇有味。

北平人做“烫面饺”不算一回事，真是举重若轻、叱咤立办，你喊三十饺子，不大的工夫就给你端上来了，一个个包得细长齐整又俊又俏。

斜尖的炸豆腐，在花椒盐水里煮得泡泡的，有时再羼进几个粉丝做的炸丸子，放进一点辣椒酱，也算是一味很普通的零食。

馄饨何处无之？北平挑担卖馄饨的却有他的特点，馄饨本身没有什么异样，由筷子头拨一点肉馅往三角皮子上一抹就是一个馄饨，特殊的是那一锅肉骨头熬的汤别有滋味，谁家里也不会把那么多的烂骨头煮那么久。

一清早卖点心的很多，最普通的是烧饼油鬼。北平的烧饼主要的有四种，芝麻酱烧饼、螺丝转、马蹄、驴蹄，各有千秋。芝麻酱烧饼，外省仿造者都不像样，不是太薄就是太厚，不是太大就是太小，总是不够标准。螺丝转儿最好是和“甜浆粥”一起用，要夹小圆圈油鬼。马蹄儿只有薄薄的两层皮，宜加圆泡的甜油鬼。驴蹄儿又小又厚，不要油鬼做伴。北平油鬼，不叫油条，因为根本不做长条状，主要的只有两种，四个圆泡连在一起的是甜油鬼，小圆圈的油鬼是咸的，炸得特焦，夹在烧饼里一按咔嚓一声。离开北平的人没有不想念那种油鬼的。外省的油条，虚泡囊肿，不够味，要求炸焦一点也不行。

“面茶”在别处没见过。真正的一锅糨糊，炒面熬的，盛在碗里之后，在上面用筷子蘸着芝麻酱撒满一层，唯恐撒得太多似的。味道好吗？至少是很怪。

卖“三角馒头”的永远是山东老乡。打开蒸笼布，热腾腾的各样蒸食，如糖三角、混糖馒头、豆沙包、蒸饼、红枣蒸饼、高庄馒头，听你拣选。

“杏仁茶”是北平的好，因为杏仁出在北方，提味的是那少数几颗苦杏仁。

豆类做出的吃食可多了，首先要提“豌豆糕”。小孩子一听打糖锣的声音很少不怦然心动的。卖豌豆糕的人有一把手艺，他会把一块豌豆泥捏成为各式各样的东西，他可以听你的吩咐捏一把茶壶，壶盖、壶把、壶嘴俱全，中间灌上黑糖水，还可以一杯一杯地往外倒。规模大一点的是荷花盆，真有花有叶，盆里灌黑糖水。最简单的是用模型翻制小饼，用芝麻做馅。后来还有“仿膳”的伙计出来做这一行生意，善用豌豆泥制各式各样的点心，大八件，小八件，什么卷酥、喇嘛糕、枣泥饼、花糕，五颜六色，应有尽有，惟妙惟肖。

“豌豆黄”之下街卖者是粗的一种，制时未去皮，加红枣，切成三尖形矗立在案板上。实际上比铺子卖的较细的放在纸盒里的那种要有味得多。

“热芸豆”有红白二种，普通的吃法是用一块布挤成一个豆饼，可甜可咸。

“烂蚕豆”是俟蚕豆发芽后加五香大料煮成的，烂到一挤即出。

“铁蚕豆”是把蚕豆炒熟，其干硬似铁。牙齿不牢者不敢轻试，但亦有酥皮者，较易嚼。

夏季雨后照例有小孩提着竹篮赤足蹚水而高呼“干香豌豆”，咸滋滋的也很好吃。

“豆腐丝”，粗糙如豆腐渣，但有人拌葱卷饼而食之。

“豆渣糕”是芸豆泥做的，做圆球形，蒸食，售者以竹筷插之，一插即是两颗，加糖及黑糖水食之。

“甑儿糕”，是米面填木碗中蒸之，嗞嗞作响，顷刻而熟。

“江米藕”是老藕孔中填糯米，煮熟切片加糖而食之。挑子周围经常环绕着馋涎欲滴的小孩子。

北平的“酪”是一项特产。用牛奶凝冻而成，夏日用冰镇，凉香可口，讲究一点的酪在酪铺发售，沿街贩卖者亦不恶。

“白薯”（南人所谓红薯），有三种吃法，初秋街上喊“栗子味儿的！”者是干煮白薯，细细小小的一根根地放在车上卖。稍后喊“锅底儿热和！”者为带汁的煮白薯，块头较大，亦较甜。此外是烤白薯。

“老玉米”（玉蜀黍）初上市时也有煮熟了在街上卖的。对于城市中人这也是一种新鲜滋味。

沿街卖的“粽子”，包得又小又俏，有加枣的，有不加枣的，摆在盘子里齐整可爱。

北平没有汤圆，只有“元宵”，到了元宵季节街上有叫卖煮元宵的。袁世凯称帝时，曾一度禁称元宵，因与“袁消”二字音同，改称汤圆，可嗤也。

糯米团子加豆沙馅，名曰“艾窝”或“艾窝窝”。

黄米面做的“切糕”，有加红豆的，有加红枣的，卖时切成斜块，插以竹签。

菱角是小的好，所以北平小贩卖的是小菱角，有生有熟，用剪去刺，当中剪开。很少卖大的红菱者。

“老鸡头”即芡实。生者为刺囊状，内含芡实数十颗；熟者则为圆硬粒，须敲碎食其核仁。

供儿童以糖果的，从前是“打糖锣的”，后又有卖“梨糕”的，此外如“吹糖人的”，卖“糖杂面的”，都经常徘徊于街头巷尾。

“爬糕”“凉粉”都是夏季平民食物，又酸又辣。

“驴肉”，听起来怪骇人的，其实切成大片瘦肉，也很好吃。是否有骆驼肉、马肉混在其中，我不敢说。

担着大铜茶壶满街跑的是卖“茶汤”的，用开水一冲，即可调成一碗茶汤，和铺子里的八宝茶汤或牛髓茶固不能比，但亦颇有味。

“油炸花生仁”是用马油炸的，特别酥脆。

北平“酸梅汤”之所以特别好，是因为使用冰糖，并加玫瑰、木樨、桂花之类。信远斋的最合标准，沿街叫卖的便徒有其名了，而且加上天然冰亦颇有碍卫生。卖酸梅汤的普通兼带“玻璃粉”及小瓶用玻璃球做盖的汽水。“果子干”也是重要的一项副业，用杏干、柿饼、鲜藕煮成。“玫瑰枣”也很好吃。

冬天卖“糖葫芦”，裹麦芽糖或糖稀的不太好，蘸冰糖的才好吃。各种原料皆可制糖葫芦，唯以“山里红”为正宗。其他如海棠、山药、山药豆、杏干、核桃、荸荠、橘子、葡萄、金橘等均佳。

北地苦寒，冬夜特别寂静，令人难忘的是那卖“水萝卜”的声音，“萝卜——赛梨——辣了换！”那红绿萝卜，多汁而甘脆，切得又好，对于北方煨在火炉旁边的人特别有沁人脾胃之效。这等萝卜，别处没有。

有一种内空而瘪小的花生，大概是拣选出来的不够标准的花生，炒焦了之后，其味特香，远在白胖的花生之上，名曰“抓空儿”，亦冬夜的一种点缀。

夜深时往往听到沉闷而迟缓的“硬面饽饽”声，有光头、凸盖、镯子等，亦可充饥。

水果类则四季不绝地应世，诸如，三白的大西瓜、蛤蟆酥、羊角蜜、老头儿乐、鸭儿梨、小白梨、肖梨、糖梨、烂酸梨、沙果、苹果、虎拉车、杏、桃、李、山里红、柿子、黑枣、嘎嘎枣、老虎眼大酸枣、荸荠、海棠、葡萄、莲蓬、藕、樱桃、桑葚、槟子……不可胜举，都在沿门求售。

以上约略举说，只就记忆所及，挂漏必多。而且数十年来，北平也正在变动，有些小贩由式微而没落，也有些新的应运而生，比我长一辈的人所见所闻可能比我要丰富些，比我年轻的人可能遇到一些较新鲜而失去北平特色的事物。总而言之，北平是在向新颖而庸俗方面变，在零食小贩上即可窥见一斑。如今呢，胡尘涨宇，面目全非，这些小贩，还能保存一二与否，恐怕在不可知之数了。但愿我的回忆不是永远地成为回忆！

记日本之饮食店

友人王君，有易牙癖。顷自东瀛归，述日本饮食店之种类及其烹调法，甚为详尽。爰为记之，以备东游者之参考焉。

日本人之烹调法，分为二种：甲、固有者；乙、外来者。

日本固有烹调法之饮食店，种类颇多。

①日本料理屋 饭皆米饭，菜多鱼虾，酒多为日本酒，重喝不重吃，菜多生冷，味多甜，为纯粹之日本风。

②牛鸟屋 饭皆米饭，菜为牛肉片、鸡片、鱼片等，皆以生者进，佐以酱油、白糖，副食物为大葱、豆腐、干粉，由客人自己动手下锅。

③便当屋 卖米饭及简单之冷菜。

④寿司屋 卖团成长圆形之冷饭，副食物为紫菜、咸菜、生鱼片、煮虾片、炒鸡蛋片，裹于饭团内，或附着于其外。

⑤汁粉屋 以豆沙与年糕同煮，和以白糖，名曰“汁

粉”。又以各种水菜与年糕同煮，和以酱油，名曰“杂煮”。兼卖各种甜点心。

⑥铭酒屋 卖日本酒与冷菜，重喝不重吃。

⑦茶屋 卖茶与点心、水果，有时亦兼寿司，野外有之，市内繁华之地无有。

至于外来烹调法之饮食店，则有二种：

甲、古代输入者

①荞麦屋 以荞麦粉为条，煮而食之，名曰“荞麦”；以小麦粉为条，煮而食之，名曰“馄饨”。冷吃时，蘸以酱油，类似中国之凉拌面。热吃时，和以汤及酱油、葱丝，类似中国之素面。有时加以炸虾、鸡子、鸡片，临吃时，对酱油浇汤，故往往糟烂不堪也。

②天妇罗屋 以小麦粉裹鱼虾之类炸之，名曰“天妇罗”，兼卖米饭与日本酒。

以上两种烹调法，皆模仿中国者也。

乙、近代输入者

①西洋料理屋 卖大菜与西洋酒，佐以面包，有时兼卖米饭，与中国之番菜馆同。其烹调法，有英、法、德、俄、美

各国风之区别。

②牛乳屋 卖牛乳、面包与洋点心。

③咖啡屋 卖咖啡与洋点心，有时兼卖简单之西餐。以上三种烹调法，皆模仿欧美各国者也。

④中国料理屋 卖中国菜与饼干、饺子、包子、烧卖等类，兼卖中国各种点心，有北京风、山东风、上海风、广东风之区别，而山东、广东风者尤多。

⑤朝鲜料理屋 卖米饭与朝鲜式之菜。此外又有冰屋一种，专卖冰与汽水，夏天有之，冬天则改卖水果焉。

以上所举各种，在十数年前，日本料理最流行，西洋料理次之，中国料理又次之，朝鲜料理亦有。近来西洋料理与中国料理大盛，日本料理大衰，朝鲜料理几绝迹矣。盖日本料理，菜甚简单，价极昂贵，重喝不重吃；但其下女[①]装饰，较为华丽，且可以在外边叫艺伎，故含有行乐性质。以打茶围为目的者，愿去；专以吃饭为目的者，不愿去也。西洋料理，以卖饭与大菜为目的，价较廉，味较美。中国料理，以卖面与点心为目的，价益廉，味益美。两者皆重吃不重喝，且不能挟伎偕往，故凡以吃饭为目的而图省钱者，皆愿往也。朝鲜料理，好卖辣菜，不甚可口，且不投日人嗜好，近来受西洋料理、中国

① 即侍女。

料理之影响，已归淘汰之列矣。

日本料理，有一等馆子，无二、三等馆子；缘一等馆子，地势宏敞，应酬周到；二、三等馆子，较为狭隘，应酬欠周，有钱者不肯去，无钱者不敢去，故多改业，开西洋料理。中国料理，有二、三等馆子，无一等馆子。因日本人吃中国菜，尚未成习惯，目的在吃中国面与烧卖、包子；故小馆能支持，大馆不易存在也。唯西洋料理，各等馆子皆有，足见其流行之盛，可以压倒一切也。

十数年前，中国料理初兴时，营业者多中国人，顾客亦皆中国客也。现在中国料理盛行，则营业者多日本人，而顾客亦多日本客矣。中国顾客所以减少者，由于留日学生逐渐回国，人数大减之故。日本顾客所以增加者，则以中国料理价廉物美，故趋之若鹜也。

吃在美国

普通的美国人不大讲究吃。遇到像感恩节那样大的盛典，也不过是烤一只火鸡。三百多年前的风俗，一直流传到现在。我在美国读书的时候，一度在科罗拉多泉寄居在一位密契尔太太家里，感恩节的前好几天，房东三小姐就跑进跑出张皇失措地宣告：“我们要吃火鸡大餐了！”那只巨禽端上桌来，气象不凡，应该是香肥脆嫩，可是切割下来一尝，胸脯也好，鼓槌也好，又粗又老又韧！而且这只火鸡一顿吃不完，祸延下一餐。从此我对于火鸡没有好感。

热狗，牛肉末饼夹圆面包，一向是他们平民果腹之物，历久弗衰。从前卖这种东西的都是规模很小的饮食店，我不能忘的是科罗拉多大学附近的那一爿小店，顶多能容一二十人，老板娘好穿一袭黑衣裳，有一只狮子鼻，经常高声吆喝：“两只狗！一个汉堡，生！”这种东西多抹芥末多撒胡椒，尤其是饥肠辘辘的时候，也颇能解决问题。我这次在美国不止一次吃到特大型牛肉末饼夹圆面包，三片面包两层肉外加干酪生菜，厚厚的、高高的，嘴小的人还不方便咬，一餐饭吃一个也就差不多了。美国式的早餐，平心而论，是很丰美的，不能因为我们对烧饼、油条有所偏爱而即一笔抹杀。我喜欢吃煎饼（pancake）和铁模烙的鸡蛋饼（waffle），这一回到西雅图当然要尝试一次，有一天我们到一家“国际煎饼之家”去进早餐，规模不小，座无虚席，需要挂号候传。入座之后，发现鸡蛋饼的样式繁多，已非数十年前那样简单了，我们六个人每人各点不同的一色，女侍咄咄称奇。饼上加的调味品非常丰富，不仅是简简单单的糖浆了。我病消渴，不敢放肆，略尝数口而罢。倒是文蔷在家里给我做的煎饼，特备人工甜味的糖浆，使我大快朵颐。西雅图海港及湖边码头附近有专卖海鲜之小食店，如油炸鱼块、江珧柱、蚵等，外加炸番薯条、鞑靼酱，亦别有风味。我不能忘的还有炙烤牛肉（barbecue），在美国几乎家家都有烤肉设备，在后院里支上铁架，烧热煤球，大块的肋骨牛排烤得嗞嗞响，于是“一家烤肉三家香”了。多亏士耀买来一副沉重的木头桌椅，自己运回来，自己动手摩擦装置。每次刷洗铁架的善后工作亦颇不轻，实在苦了主妇。可是一家大小，随烤随食，鼓腹欢腾的样子，亦着实可喜。

美国的自助餐厅，规模有大有小，但都清洁整齐，是匆忙的社会应运而生的产物。当然其中没有我们中国饭馆大宴小酌的那种闲情逸致，更没有划拳行令、杯盘狼藉的那种豪迈作风，可是食取充饥，营养丰富，节省时间、人力可以去做比吃饭更重要的事，不能不说是良好制度。遗憾的是冷的多，热的少，原来热的到了桌上也变成了温的，烫嘴热是办不到的。另有一种自助餐厅，规定每人餐费若干，任意取食，食饱为止，所谓smorgasbord，为保留它特殊的斯堪的纳维亚气氛，餐厅中还时常点缀一些北欧神话中侏儒小地仙（trolls）的模型。这种餐厅，食品不会是精致的，如果最后一道是大块的烤牛肉，则旁边必定站着一位大师傅，准备挥动大刀给你切下飞薄飞薄的一片！至于专供汽车里面进餐的小食店（drive-in restaurants）所供食品只能算是点心。我们从纽约到底特律，一路上是在Howard Johnson自助餐厅各处分店就食，食物不恶，有时候所做炸鸡，泡松脆嫩，不在所谓“肯德基炸鸡”（一位上校发明的）之下，只是朝朝暮暮，几天下来，胃口倒尽，所以我们到了水牛城立刻就找到一家中国餐馆，一壶热热的红茶端上来就先使我们松了一口气。

讲到中国餐馆在美国，从前是以杂碎炒面为主，哄外国人绰绰有余，近年来大有进步，据说有些地方已达国内水准。但是我们在华府去过最有名的一家××楼，却很失望，堂倌油腔滑调的海派作风姑且不论，上菜全无章法，第一道上的是一大海碗酸辣汤，汤喝光了要休息半个钟头才见到第二道菜，菜的制法是油腻腻、黏巴巴的几样菜如出一辙，好像还谈不到什么手艺。墙上悬挂着几十张美国政要的照片，包括美国总统在内，据说都曾是这一家的座上客，另一墙上挂着一副对联，真可说是雅俗共赏。我们到了纽约，一下车就由浦家麟先生招待我们到唐人街吃早点，有油条、小笼包、汤面之类，俨然家乡风味。后来我们在××四川餐馆又叨扰了一席盛筵，在外国有此享受自是难得的了。西雅图的唐人街规模不大，餐馆亦不出色，我们一度前往加拿大的温哥华一膏馋吻。

我生平最怕谈中西文化，也怕听别人谈，因为涉及范围太广，一己所知有限，除非真正学贯中西，妄加比较必定失之谫陋。但是若就某一具体问题做一研讨，就较易加以比较论断。以吃一端而论，即不妨比较一番，但是谈何容易！我们中国人初到美国，撑大了的胃部尚未收缩，经常在半饥饿状态，食不厌精、脍不厌细的哲学尚未忘光，看到罐头食品就可能视为“狗食”，以后纵然经济状况好转，也难得有机会跻身于上层社会，更难得有机会成为一位“美食者”。所以批评美国的食物，并不简单。我年轻时候曾大胆论断，以为我们中国的烹饪一道的确优于西洋，如今我不再敢这样地过于自信。而且我们大多数人民的饮食，从营养学上看颇有问题，平均收入百分之四十用在吃上，这表示我们是够穷的，还谈得到什么饮馔之道？讲究调和鼎鼐的人，又花费太多的工夫和精力。民以食为天，已经够惨，若是说以食立国，则宁有是理？

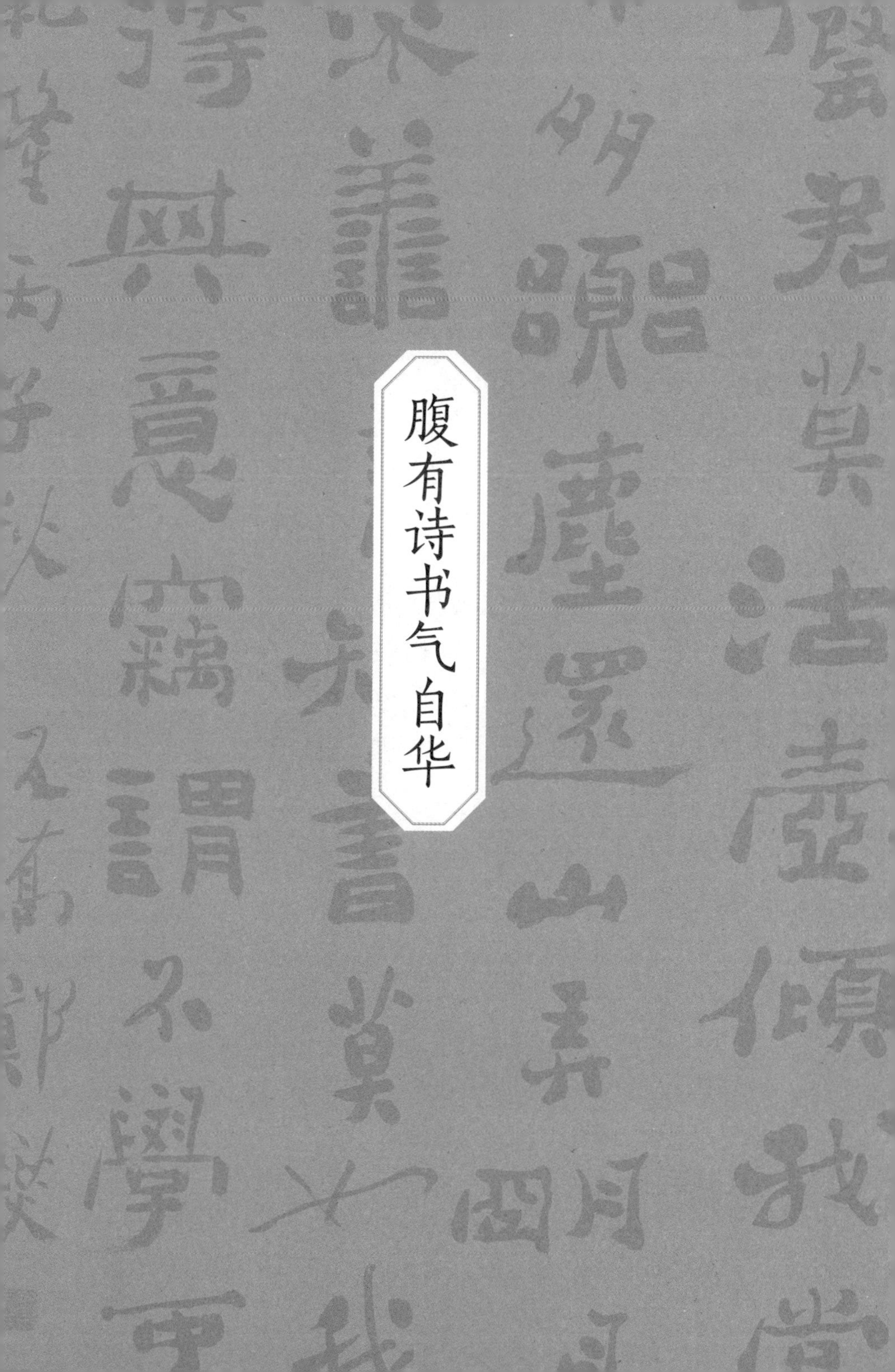

腹有诗书气自华

读杜记疑

卖药与药栏

杜甫进三大礼赋表有云：“顷者，卖药都市，寄食友朋……”卖药恐怕不是真的卖药，是引用韩康“卖药长安市中，口不二价”的典故，自述旅食京华之意。有人写《杜甫传》，把杜甫真个说成一个卖药郎中，疑误。

杜诗《有客》云：“不嫌野外无供给，乘兴还来看药栏。”按药草之属亦是娱目欢心之物。石崇《金谷诗序》：“有清泉茂林，众果竹柏，药草之属……其为娱目欢心之物备矣。”可见杜公植药，未必是为卖药之资。何况所谓药栏亦未必就是种植草药之栏，因草药亦不需栏。《开元天宝花木记》云：“禁中呼木芍药为牡丹。”木芍药即今之牡丹。药恐即是木芍药之简称。《独异志》上云：“唐裴晋公度寝疾永乐里，暮春之月，忽过游南园，令家仆童舁至药栏，语曰：‘我不见此花而死，可悲也。’怅然而返。明早报牡丹一丛先发，公视之，三日乃薨。”药栏即种植木芍药之栏，此一明证。又按范摅

《云溪友议》：“致仕尚书白舍人，初到钱塘，令访牡丹花，独开元寺僧惠澄，近于京帅得此花栽，始植于庭，栏圈甚密，他处未之有也。”栏圈字样，值得注意。白乐天携酒赏牡丹，张祜题诗云：“浓艳初开小药栏，人人惆怅出长安。风流却是钱塘寺，不踏红尘见牡丹。”是药栏明指牡丹。不过杜甫多病，与药结不解缘，也是事实，在诗中班班可考。如谓凡药皆视为配病之药，则有时不免失误。杨伦《杜诗镜铨》注：“药栏，花药之栏也。”语意模棱矣。

况余白首

《观公孙大娘弟子舞剑器行》序文有句：“玉貌锦衣，况余白首。”人多认为费解。《苕溪渔隐丛话》引秦观语：“杜子美诗冠古今，而无韵者殆不可读。”仇注引申涵光曰：“诗序太剥落，‘玉貌锦衣’下如何接‘况余白首’？”指为文字剥落，殆为贤者讳耶？近人傅东华先生注杜诗，“言公孙玉貌锦衣尚归寂寞，何况己年之易老乎？”（见商务人人文库本杜甫诗页二三七）似嫌牵强，且与下文，气亦不顺。疑“况”字当作“甚”解，言公孙当年风采当已不复存在，其衰朽之态恐有甚于余之白首者。杜甫初观公孙舞，在开元三载（一作五载），尚在童稚，此诗作于大历二年，从开元五载算起，相距五十一年矣。公孙焉得不比杜公更老？下云“今兹弟子，亦匪盛颜”，正与上文语气连贯。

乌鬼

《戏作俳谐体遣闷二首》："家家养乌鬼，顿顿食黄鱼。"乌鬼究竟是何物，众说纷纭。或谓养乌鬼，乃赛神也，养可能是赛之误，鬼者乌蛮鬼也。元微之《江陵》诗"病赛乌称鬼，巫占瓦代龟"。可为此说之有力的佐证。但养乌鬼与食黄鱼若为一事，则乌鬼殆为鸬鹚。黄山谷外集《次韵裴仲谋同年》有句"烟沙篁竹江南岸，输与鸬鹚取次眠"，所谓鸬鹚，即《本草》所谓之水老鸦，一名乌鬼，能捕鱼。因家家养乌鬼，故而顿顿食黄鱼，似亦顺理成章。魏子华《寒夜话黑鹭》一文，有云：

> 黑鹭浑身黑羽毛，是一种善捕鱼的鹭鸶，它的体形比普通鹭鸶肥壮，看起来很像大型的乌鸦，所以，家乡成都一带又叫它鱼老鸦，每年一入隆冬，天寒水浅，放鱼老鸦的人们，这就赶鸦下河，大发利市去了。
>
> 放鱼老鸦的人，他们出发之前，总是把小船或竹筏顶在头上，鱼老鸦就栖息在船或竹筏上打瞌睡。可是，当它们一见到水，可就立刻精神百倍，一头钻得不见踪影了。当它们再度浮出水面，十之八九都会嘴里衔着一条鱼，渔人只消把篙竿伸过去，它们就会乖乖地飞到竿上来，然后收回船上，取下它们的猎获物。

这“鱼老鸦”如果就是《本草》上说的“水老鸦”，当然也就是杜诗中的“乌鬼”了。

宋马永卿《懒真子录》卷四：“乌鬼，猪也。峡中人家多事鬼，家养一猪，非祭鬼不用，故于猪群中特呼乌鬼以别之。”此说亦可通，川中确是家家养猪，而杀猪祭鬼亦是习见之事，至今犹然。

数说皆有可取处，均非定论。姑且存疑，不必强作解人也。

他日

《秋兴》八首“丛菊两开他日泪”句，“他日”应作“往日”解，非谓将来。《孟子·梁惠王下》，两次用“他日”：“他日见于王曰”，他日是过后有一天，“他日君出”，他日则是往日。“他日”本有二义，视其上下文义而定。丛菊两开，是两年已过，他日是指已过的这两年，两年之内陨泪多少，感慨系之！

《滕王阁序》：“他日趋庭，叨陪鲤对；今兹捧袂，喜托龙门。”此“他日”亦昔日之意也。

不觉前贤畏后生

《戏为六绝句》有云：“今人嗤点流传赋，不觉前贤畏后生。”语意含糊。清人汪师韩《诗学纂闻》谓：“乃诘问之言，今人诋毁庾信之赋，岂前贤如庾者，反畏尔曹后生耶？”按《论语》“后生可畏，焉知来者之不如今？”原意是说后生可能有可畏之处也。杜意今人并无超越前人之处，奈何妄议古人，故曰“不觉前贤畏后生”。贤者虚怀若谷，皆应深觉后生可畏。唯今人诋毁庾信，吾则不觉前贤应畏后生。不觉是杜甫不觉也，汪师韩释为诘问之语，反似多事。

鸡狗亦得将

《新婚别》有句：“生女有所归，鸡狗亦得将。”仇注云：“嫁时将鸡狗以往，欲为室家久长计也。”疑不洽，恐是“嫁鸡随鸡，嫁狗随狗”之意。女人出嫁，焉有携鸡狗以俱往者？杨伦《杜诗镜铨》注：“用谚语。”所见是也。将，从顺之意，不是“之子于归，百两将之”之将。陶诗《读史述九章》咏夷齐：“二子让国，相将海隅。”亦相从之意。

宋庄绰《鸡肋编》：“杜少陵《新婚别》云：‘鸡狗亦得将’世谓谚云：‘嫁得鸡，逐鸡飞；嫁得狗，逐狗走’之语也。”葛立方《韵语阳秋》：“谢师厚生女，梅圣俞与之诗曰：‘……男大守诗书，女大逐鸡狗。’”亦同一意义。是宋人早有此解，仇沧柱殆未之见？

漫與

杜诗《江上值水如海势聊短述》有句：“老去诗篇浑漫與，春来花鸟莫深愁。”漫與，何谓也？與，或作舆，然乎否耶？

仇注：“浑，皆也。漫，徒也。”又云，“黄鹤本，及赵次公注，皆作漫與。韵府群玉引此诗，亦作漫與。王介甫诗，‘粉墨空多真漫與’；苏子瞻诗，‘袖手焚笔砚，清篇真漫與’。皆可相证。诸家因前题《漫興九首》，遂并此亦作漫興。按上联有‘句’字，次联又用‘興’字，不宜叠见去声。”

俞樾《茶香室丛钞》引朱彝尊《静志居诗话》云：“在杜子美集有漫與五绝九首，又七言云‘老去诗篇浑漫與，春来花鸟莫深愁’。浑漫與者，言即景口占，率意而作也。自元以前，无有读作漫興者，迨杨廉夫作漫興七首，而世之人遂尽去杜集之旧，易與为興矣。”此说是也。[①]

丧家狗

杜诗：“昔如纵壑鱼，今如丧家狗。”丧家狗，典出《史记·孔子世家》，“郑人或谓子贡曰：‘东门有人，其颡似尧，其项类皋陶，其肩类子产，然自要以下不及禹三寸，累累若丧家之狗。’子贡以实告孔子。孔子欣然笑曰：‘形状，未也，而似丧家之狗，然乎哉！然乎哉！’”此丧字应作平声读，抑应作去声读耶？

《群书札记》：“《瓮牖闲评》：家语，累累然若丧家之狗，丧字当作去声，言如失家之狗耳。故苏东坡诗云‘惘惘可怜真丧狗’，是矣。而元微之诗乃云‘饥摇困尾丧家狗’，又却作平声用，何也？按：王肃注‘丧家狗，主人哀慌，不见饮食，故累然不得意’。孔子

① “與”已简化为“与”，“興”简化为“兴”。

生于乱世，道不得行，故累然，是不得意之貌也。韩诗外传，‘丧家之狗，既敛而椁，布器而祭，顾望无人，意欲施之。’丧字作平声读。唯孔颖达《春秋正义序》，‘虚叹衔书之凤，乃似丧家之狗’，丧字作去声读，不得执此而议彼也。”

按，丧字本可有两种读法，意义迥然有别。世家丧家之狗，依王肃注读平声，近是。杜诗以丧家狗对纵壑鱼，就意义而论，似宜作去声。

不是烦形胜，深愁畏损神

《上白帝城二首》的第一首，前四句写景，后八句感怀，最后两句“不是烦形胜，深惭畏损神”作何解？

傅东华注《杜甫诗》二〇三页云：“言若徒深惭而不借形胜以自解，则恐损神耳。旧注以烦为烦厌之烦，则与前‘一上一回新’句不合矣。”此说恐非。第一，因“一上一回新”，故“不是烦形胜”，意义连贯，并无不合。第二，烦字不作厌解，当作何解？傅说对此点无交代。

杜诗《江畔独步寻花七绝句》有云：“不是爱花即欲死，只恐花尽老相催。”其句法可供参照。“不是……”是否定，“只恐……”是肯定。“不是烦形胜”，《杜诗镜铨》注“言形胜非不可喜”，仇注云“我非厌烦此间形胜”，似均不误。

平心而论，此两句不佳，不但意义嫌晦，构想亦殊平庸。《杜诗集评》引李因笃批语云，“畏损神三字李本抹云‘凑而混’”。凑而混者其实不只此三字。

天子呼来不上船

《饮中八仙歌》写李白“天子呼来不上船”，船即是舟船之船，一般均如此解释。

元人熊忠撰《古今韵会举要》，据云“衣领曰船”。明人张自烈撰《正字通》，据云“蜀人呼衣系带为穿，俗因改穿作船”似此船字乃另有解释。

《钱笺杜诗》曰：“玄宗泛白莲池，命高力士扶白登舟，此诗证据显然。注家谓：‘关中呼衣襟为船；不上船者醉后披襟见天子也。’穿凿可笑。赵次公云：‘白在翰院被酒。扶以登舟，则竟上船矣，非不上船也。’此尤似儿童之语。夫天子呼之而不上船，正以扶曳登舟状其酒狂也。岂竟不上船耶？”钱笺是也。

> 偶阅国语日报副刊《书和人》第二二〇期（六二、九、二十九），罗锦堂先生讲《英文本中国文学史初探》，评及柳无忌著《中国文学概论》，说到“不上船”的问题：“上船”两字，一般人都根据范传正的李公新墓碑，说是玄宗泛舟，李白不在，因而命高力士扶李白登船。……我觉得这种说法不太妥当，因为李白明明是上船了，为什么说“不上船”呢？根据《荥阳县志》卷十四提到人的鞋底就叫船。此

外，《韵会》说：“衣襟谓之船。”《正字通》说：“衣领谓之船。”我们现在不讨论“船”到底是指鞋子、衣襟，或衣领，但“不上船”是表示衣服没有穿整齐的意思，而不是指真的船。

罗先生的主张似是没有脱离赵次公的窠臼与《韵会》《正字通》的别解。钱笺未被驳倒之前，船字似以仍从正解为妥。

藤轮

《赠王二十四侍御契四十韵》：“长歌敲柳瘿，小睡凭藤轮。”（鲍照诗“花蔓引藤轮”）藤轮，何物也？蔡梦弼以为是车轮，人焉有凭车轮而睡者？王诛以为是蒲团，未闻有以藤制团者。仇兆鳌以王说为是。施鸿保《读杜诗说》认为皆非，“疑即藤枕，今犹有之，以其体长而圆故称为轮”。其实藤枕固今犹有之，但以其长而圆而称为轮则甚牵强，轮非长而圆者也，且凭枕而睡事属寻常，了无诗意，与上句敲柳瘿不相称。

疑宜就字面解释，无须更进一层。藤轮即是藤干盘曲之做轮形者，轮者，圆圈也。老藤近根之巨干多作轮形，故藤轮即藤之干。敲柳瘿而长歌，凭藤轮而小睡，诗意亦相称。

剑外

杜诗《闻官军收河南河北》一首是众所熟知的，有人对第一句“剑外忽传收蓟北”中之“剑外”二字发生疑问。剑是剑阁，或剑门，剑外系何所指？是指剑南，还是指剑北？二说似皆可通。“剑外忽传……”可以解为剑阁以南一带正在传说，也可以解为收蓟北的消息正在从剑北长安方面传了过来，但究竟何所指则颇费思量。

按剑门天险，抗战期间我曾途经其地，是自广汉穿过剑阁而入汉中的必经之地。李白《蜀道难》所谓“剑阁峥嵘而崔嵬，一夫当关，万夫莫开……”确是形容尽致。我因为汽车抛锚，在县城外一小茅店留宿一夜，印象益为深刻。李白诗《上皇西巡南京歌》有“剑阁重关蜀北门”之句。剑阁实乃蜀之北门。蜀地难攻易守，剑门之险阻乃其原因之一。《晋书·张载传》：“太康初，至蜀省父，道经剑阁，载以蜀人恃险好乱，因著铭以作诫。益州刺史张敏奇之，表上其文，武帝遣使镌之于剑阁山焉。”这《剑阁铭》我是读过的，虽然没有看过山上的镌刻。铭里有这样的句子：“唯蜀之门，作固作镇，是曰剑阁。”凡此可见剑阁是蜀之北方门户，所以拒外人之南侵，而非秦地之人在此设险以防蜀人之北犯也。

杜甫作此诗时在梓州，即今之梓橦一带，剑阁即在梓橦之东北，诗作于广德元年。杜甫在此地听到剑北传来捷报，所以才涕泪满衣裳。捷报是从河南河北传到长安，再由长安传到剑南。剑外传来的消息使得剑南的人闻之大喜若狂，这不是很自然的吗？

再举一例以为旁证。号称天下第一关之山海关，据《读史方舆纪要》云：“渝关，一名临渝关，亦曰临闾关，今名山海关……明初以其倚山面海，故名山海关，筑城置卫，为边郡之咽喉，京师之保障。”山海关虽然是通往东三省之咽喉，但是其建立实乃是为了“京师之保障”，不是为了东北之保障，俗语说“少不入川，老不出关”，出关，出山海关也。到关外去，是出了山海关到东北去也。关外指东北，因为山海关屏障京师，站在京师的立场上说话，关外当然是指东北了。杜甫身在蜀地，所谓剑外似乎当然是指剑门以北长安一带了。

苏东坡《满江红寄鄂州朱使君寿昌》，“君是南山遗爱守，我为剑外思归客，对此间风物岂无情，殷勤说”。他也使用“剑外”一语，不知他是否袭用杜甫诗中“剑外”二字。按东坡写此词时是在黄州，和杜甫之身在四川不同。东坡所谓剑外，可能是指剑南，其意若曰“我是四川人，想回四川去”，但亦可能是说自己现在是流落在剑门山以外的人，所以想回家乡去。剑外泛指任何剑门山以外之地，不知孰是。

《登幽州台歌》

陈子昂《登幽州台歌》：“前不见古人，后不见来者；念天地之悠悠，独怆然而涕下！”所谓“前不见古人，后不见来者”，不是自我夸大以空前绝后自许，重点在一“见”字。盖谓人生短暂，孤零零的一橛，往者不及见，来者亦不及见，平素浑浑噩噩，无知无觉，一旦独自登台万虑俱消，面对宇宙之大，顿觉在空间时间上自己渺小短促得可怜，能不怆然涕下乎？这正是佛家所谓的“分段苦”。

《文学世界》（香港笔会出版）第二十六期有《陈子昂诗评价》一文，引述李沅的评语：“先朝之盛时既不及见，将来之太平又恐难期，不自我先，不自我后，此千载遭乱之君子所共伤也。不然，茫茫之感，悠悠之词，何人不可用？何处不可题？岂知子昂幽州之歌，即阮公广武之叹哉！”又加按语曰：“余按阮籍登广武城观楚汉战处，叹曰：‘时无英雄，使竖子成名。’所谓竖子，盖指司马氏也，今子昂幽州之歌，其心目中之竖子，武氏也。”以悲歌慷慨之杰作，解释成为私人遭乱感伤之词，所见者小矣。

子昂《感遇诗三十八首》，有“闲卧观物化，悠悠念无生”“幽居观大运，悠悠念群生”“大运自古来，旅人胡叹哉”，以及其他类似之句，皆勉仰今古惆怅生悲之意，可参阅也。《中国语文》第三十四卷第五期载友人刘中和先生演示《登幽州台歌》，全文如下：

唐朝初年，四川人陈子昂（六五六——六九八）十八岁才开始读书，独自力学，自己觉得学有成就了，去首都长安。见有人卖胡琴，要卖百万钱；许多贵人名士都围着观看，陈子昂用一千贯买下来。大家都惊异地问他，他约好明天在某酒楼，大诗人都常去的地方，表演胡琴。明天，大家都到了，陈子昂一口四川土腔，慷慨激昂地说：“在下四川陈子昂，有诗文百首，分赠各位欣赏。胡琴乃是贱工的事，我怎能表演？”当场把胡琴打碎，把诗文分送各人。大诗人们一见陈子昂的作品，大为惊骇钦佩，从此陈子昂名满长安。

那时的大诗人有杜审言、宋之问、王勃、骆宾王等，都作浮华的诗。而陈子昂所作都是古朴高劲，内容深厚的；火候骨力，都在当时一般大诗人之上。因此他内心感到很寂寞很苦闷，竟找不到一个同等笔力的诗人做朋友，可以互相倾心吐胆畅谈。在陈子昂以前，只有汉魏诗人，如曹操父子，和建安年代的七位诗人，被称为建安七子的，诗的风骨高古，是陈子昂所崇仰的。建安之后，数百年来，诗风一直走向浮华，往往言之无物，陈子昂最为厌恶，古人既已远不可见，无法相会相谈，而当今之世，只有自己一人。再向以后年轻的一辈看看，却又不见有后起之秀追踪上来。晚一辈的诗人，也多半走向新浮华派；虽然有古体诗人张九龄，但他比陈子昂又小二十多岁，还未成熟。有一位比陈子昂更高的古体派诗人，和陈子昂意见作风一致的，那就是李白；而李白却出生于陈子昂死后三年，二人不得相见，多么遗憾！

一次，他在北平附近的幽州台上登高，面对着广阔无边的天和地，天和地又只向时代交白卷，没有献出更伟大的诗人。他又触发了自己的感伤：自己一死之后，高古的诗风就将断绝，无人继响。于是他高声吟诵出来一首诗歌：

前不见古人，后不见来者；

念天地之悠悠，独怆然而涕下！

以往的人读这首诗，把者字读zhǎ，下字读xiǎ，以便押韵。这首《登幽州台歌》，最重要的就是一个“独”字，多么孤寂！从另一方面说，也可见陈子昂此人多么高傲。但他死后有李白，又有韩愈，都很崇仰他，他确不愧为初唐第一诗人。

刘先生把陈子昂悲哀的缘由解释成为“自己一死之后，高古的诗风就将断绝，无人继响”。陈子昂虽然恃才傲物，可能有类似杜审言“但恨不见替人”的自负的想法，但何至于前不见古人呢？我不能无疑。

金缕衣

杜秋娘诗：“劝君莫惜金缕衣，劝君惜取少年时。花开堪折直须折，莫待无花空折枝。”此诗浅显而有味，收在《唐诗三百首》里，流传很广，其意义不需解释。

杨牧先生在三月号《中外文学》里有《惊识杜秋娘》一文，对此诗提出一个新的解释，以为：“金缕衣不是活人无端穿的锦衣，而是死人穿着的寿衣！”他说：“‘纨与素’是可以穿戴游戏的，金缕衣却唯有人死以后才贴身穿在尸体上，以为可以保存尸体之不朽。一九六八年河北满城发掘西汉中山靖王刘胜及其妻子窦绾的两座古墓，用黄金制成的丝缕缀连而成，故亦称‘金缕玉衣’，以之包扎尸体上下，四肢五官部位，宛然可辨。出土的两套金缕衣，一长约一八八厘米，一长约一七二厘米，从图片上看来，确是金光灿烂之物。”显然的，杨牧先生之所以做此新解，是由于金缕衣出土而获得启示。

事实上，所谓“金缕玉衣”，《后汉书》已有相当详细的记载：

“《汉旧仪》曰：帝崩唅以珠，缠以缇缯十二重。以玉为襦，如铠状，连缝之，以黄金为缕，腰以下以玉为札，长一尺二寸半，为柙，下至足，亦缝以黄金为缕。”据此则玉襦以像铠甲，匣即像铠甲之札，所谓甲叶也。金缕玉柙原是帝王裹尸之物，后来没有帝王身份的人，甚至如宦官之类也有僭用的，这在历史上也有记载。大陆出土之物当然很有价值，让我们可以看到古帝王的一种排场。唯此“金缕玉衣”是否杜秋娘所指的“金缕衣”，不无可疑。

白居易《秦中吟·议婚》诗：“红楼富家女，金缕绣罗襦。”指活人穿的衣裳。杜工部《哭严仆射归榇》“风送蛟龙匣”，苏东坡诗《薄薄酒》“珠襦玉柙万人相送归北邙”，龙匣玉柙则是指死人穿的衣饰。死人穿的那种全套衣饰不称为“金缕衣”。只能称为“金缕玉衣”或“金缕玉柙”或“罗襦玉柙”。《红楼梦》第三回“（凤姐）身上穿着缕金百蝶穿花大红云缎窄褙袄”，想缕金也就金缕之意。金缕状华丽富贵。金缕不仅用以缝衣，也可以制其他物件，例如李后主词《菩萨蛮》：“刬袜步香阶，手提金缕鞋”，是鞋可金缕。《邺中记》“石虎时著金缕合欢裤”，是裤可金缕。《古诗为焦仲卿妻作》“流苏金缕鞍”，是鞍可金缕。故金缕衣仍即是活人穿的金缕衣。

《传法偈》

偶读明代高僧憨山大师文集，他屡次提到毗舍浮佛传法偈。他说当初黄山谷以书法及诗作名天下，很多人来求墨宝，他不大写他自己的诗，他最爱写的是这一首《传法偈》。偈云：

> 假借四大以为身，心本无生因境有。
> 前境若无心亦无，罪福如幻起亦灭。

黄鲁直如此推崇此偈，其中必有深意。从字面上看，好像并无什么奥秘，不外是普通的佛家说教，“但欲空诸所有，不愿实诸所无”。可是仔细钻研了几年，自以为除了一点点粗浅的了解之外也还不能无疑。

第一句没有什么困难，熟读《金刚般若波罗蜜经》，便可明白四大皆空的道理。人之大病在于有身，其实此身并非实有，不过是地、水、火、风四种元素的组合。《圆觉经》：“我今此身四大和合，所谓毛发爪齿皮肉筋骨脑髓垢色，皆归于地；唾涕脓血涎沫津液痰泪精气大小便利，皆归于水；暖气归火；动静归风。四大各离，今者妄身，当在何处？”《菩萨璎珞经》：“四大有二种，一有识，二无识。”有识即是指身内之四大，无识指身外之地水火风。人在物故之后，此身之四大和合不复存在，分别归于四大，这道理非常清楚。但是一息尚存之际，即难不有物我之分，耳之于声，目之于色，肌肤之于感触，处处皆足以提示此身乃我之所属有。若说这是“妄身”，那也只有在“四大各离”之后才能有此想法，而我们知道在“四大各离”之后，便什么想法也没有了！没有实，也没有妄！不过若说此身的存在时间有限，早晚归于四大，不能长久存在，这当然是无可否认的事实。

人除了身之外，还有心。心不是四大和合的产品，可是我们能思维，有喜怒哀乐，好像随时可以证明心的存在是确实不虚的。偈云“心本无生因境有”，如何解释呢？这一疑问困扰了我好几年。读佛学书困难之一是其术语很多，有时含义亦不一致，故难索解。翻《汉英佛学词典》，发现“无生”可以译为immortal，我这才自以为恍然大悟。翻译时常能帮助我们理解原文，因为译文是经过咀嚼的，可能是冲淡了的，可是容易消化吸收，“无生”二字在此应作为形容词。有生即有死，无生即无死。心原是无生无死的。佛学上所谓“无生法忍”，所谓“明心见性”，我仿佛都可以明白是怎样一回事了。“因境有”三字又作何解？我们常听说，“境由心生”，现在怎么又说

“由境有心”呢？我想，这个“有”字大概是“无生”中的“无”字之对。immortal又变成mortal了，于是遇境则七情六欲种种颠倒妄想纷然而生，此境一旦幻灭不复存在，则此心仍恢复其本来湛然寂静的状态，即所谓“时时勤拂拭，莫使染尘埃”了。《金刚经》：“一切有为法，如梦幻泡影，如露亦如电，应作如是观。”即是“罪福如幻起亦灭”的意思。

竹林七贤

《水经注》：“魏步兵校尉陈留阮籍，中散大夫谯国嵇康，晋司徒河内山涛，司徒琅邪王戎，黄门郎河内向秀，建威参军沛国刘伶，始平太守阮咸等，同居山阳，结自得之游，时人号之为竹林七贤。”

《世说新语 · 任诞》：“陈留阮籍、谯国嵇康、河内山涛，三人年皆相比，康年少亚之。预此契者，沛国刘伶、陈留阮咸、河内向秀、琅邪王戎。七人常集于竹林之下，肆意酣畅，故世谓竹林七贤。”

何启明先生著《竹林七贤研究》，对于七贤事迹考证綦详，洵为最新之佳构。何先生在《前言》云：“竹林七贤，名属后起；竹林之事，亦难信真。”又曰：“竹林之事，既初传于晋世中朝以后，初非七贤生时之本有……而山阳故居，亦本无竹林。竹林诸人但如建安之七子，正始、中朝之名士，不过后人一时意兴所至，聊加组合耳。”结论曰：“竹林之事为后所造作。”此一论断似甚正确。不过何先生也承认“七贤生时固有所交往遇合也”，否则后人亦不可能加以组合。

关于竹林，陈寅恪先生曾经有说，陈文我未读过，杨勇先生《世说新语校笺》（一九六九年十月初版）页五四八转引陈先生文曰：“竹林七贤，清谈之著者也。其名七贤，本论语贤者避世，作者七人之义。乃东汉以来，名士标榜事数之名，如三君、八厨、八及之类。后因僧徒格义之风，始比附中西而成此名；所谓‘竹林’，盖取义于内典（Lenuvena），非其地真有此竹林，而七贤游其下也。《水经注》引竹林古迹，乃后人附会之说，不足信。”陈先生博览群籍，时有新解，此其一例也。此处Lenuvena一字系误植，应为Venuvena，梵文“竹林精舍”之意，音译为鞞纽婆那。

按：《卫辉府志》“竹林寺在县西南六十里，旧为七贤观，后改为尚贤寺，又改今名，即晋七贤所游之地”云云。这是沿用《水经注》之说，不过标出了“竹林寺”之名，按晋时洛阳即有竹林寺，与内典所谓“竹林精舍”似相暗合。杨勇先生《世说新语校笺》认为“陈说有见”，从而论断曰“竹林为一假设之地”。并且更进一步，根据“《文物》一九六五年八月期，有南京西善桥晋墓砖，刻竹林八贤图，则有嵇康，阮籍、山涛、向秀、刘伶、阮咸、荣启期等八人”，从而论断曰：“七贤、八贤亦一通名耳。”（八贤只举七人，王戎未列入。）晋砖之发现，饶有趣味，唯七贤之外加入荣启期，则事甚离奇。荣启期，春秋时人，与七贤相距约有千年，何以于隐逸高贤之中独选荣启期，与七贤并列，似嫌不伦。荣启期之为高人，吾人并无间言，其事见《列子·天瑞篇》。“孔子游于泰山，见荣启期行乎郕之野，鹿裘带索，鼓琴而歌，孔子问曰：‘先生何乐也？’对曰：‘吾乐甚多。天生万物，唯人为贵，而吾得为人，是一乐也。男女之别，男尊女卑，故以男为贵，吾既得为男矣，是二乐也。人生有不见日月不免襁褓者，吾既已行年九十矣，是三乐也。贫者士之常也，死者人之终也，处常得终，当何忧哉？”这一段记载，写出荣启期之旷达，跻于八贤之列，自无愧色，唯冠以竹林字样，一似与七贤亦有交往者，斯可怪耳。

竹林也好，竹林寺也好，黄河流域一带可以有竹林则为不争之事实，晋戴凯之《竹谱》以为竹之为物“九河鲜育，五岭实繁”，实非笃论。远至北平西山八大处，亦有竹林可以供人啸傲其间，何况河洛？竹林二字久已成为隐逸之代名词，所以竹林七贤、八贤之说，亦不必拘泥字面多所考证矣。

管仲之器小哉

以前在一张国语日报上偶然看到一位胡坤仲先生写的《管仲之器小乎》一文，他说起高一国文第十二课司马光的《训俭示康》有“管仲镂簋朱纮，山节藻棁，孔子鄙其器小”一语，当时学生提出质问：“管仲那么奢侈，孔子怎么说他器量狭小？”这一问把胡先生问得愣住了。

《论语·八佾》：“子曰：‘管仲之器小哉！’或曰：‘管仲俭乎？’曰：‘管氏有三归，官事不摄，焉得俭？’‘然则管仲知礼乎？’曰：‘邦君树塞门，管氏亦树塞门；邦君为两君之好，有反坫，管氏亦有反坫；管氏而知礼，孰不知礼。’”孔子说管仲器小，是以俭与礼二事为证。在孔门哲学中，俭与礼都是极关重要的修身法门，所以子贡称赞孔子的美德是温良恭俭让，俭最要紧，由俭可以知礼，因为都是属于克己的功夫。管仲奢侈，有三个小公馆，生活靡费，所以孔子说他器小。所谓器，就是器量，也可解为器识。器有大小，非关才学。镂簋朱纮，山节藻棁，都是俭德有亏的明证。

何谓器小，何谓量大？于此有一旁证说明之。《魏志·文帝纪》

注：“若贾谊之才敏，筹画国政，特贤臣之器，管晏之姿，岂若孝文大人之量哉？”孝义是否大人之量，姑不具论。我们要注意的是，行文之间“贤臣之器”与“大人之量”是对等的名词。贤臣之器，管晏之姿，是比较小的。贤臣而器小，即管晏之辈也。

管仲不是一个简单的人，虽然在私人品德方面不无出入，在事功方面却颇有可称者。《论语·宪问》：“子曰：‘桓公九合诸侯，不以兵车，管仲之力也。如其仁，如其仁！’”九合诸侯（纠合诸侯之谓），不用战争手段，谁能像他这样的仁！所谓仁，是指他之不用武力而能纠合诸侯这件事而言。孔子又说：“管仲相桓公，霸诸侯，一匡天下，民到于今受其赐。微管仲，吾其披发左衽矣！”这是说管仲不比匹夫匹妇之短见，不肯自经于沟渎，留着自己的一条命为国家人民办大事，故不能说“管仲非仁者”。这也是就事论事，赞美管仲之事功而已，并不是泛论管仲之全部的人格，更没有说管仲是一个品学无亏的仁者。

太史公于《管晏列传》之篇末，另有一解，他说：“管仲世所谓贤臣，然孔子小之。岂以为周道衰微，桓公既贤，而不勉之至王，乃称霸哉？”不辅弼桓公为帝为王，而乃以称霸为终极之目的，孔子之所以小管仲者盖在于此。这是司马迁的臆测，孔子未必有这种想法，看孔子对管仲的事功之极口称赞，便可知孔子必无是想。据《论语》所载，孔子小管仲，只是批评他的俭与礼方面的缺乏。司马光在《训俭示康》文中所涉及的管仲一事，显然与司马迁的解释毫不相干。孔子鄙薄管仲之为人，并不抹杀其事功，月旦人物不是正应如此吗？

《饮中八仙歌》

杜工部《饮中八仙歌》，章法错落有致。吴见思《杜诗论文》："此诗一人一段，或短或长，似铭似赞，合之共为一篇，分之各成一章，诚创格也。"王嗣奭《杜臆》也有同样见解："此系创格，前无所因，后人不能学。描写八公，各极生平醉趣，而都带仙气，或两句，或三句四句，如云在晴空，卷舒自如，亦诗中之仙也。"前无所因，是真的；后人不能学，倒也未必。学尽管学，未必学得好耳。不过此诗也有几点问题在。

八仙是①四明狂客贺知章，②汝阳王琎，③左丞相李适之，④侍御史崔宗之，⑤中书舍人苏晋，⑥诗仙李白，⑦草圣张旭，⑧布衣焦遂。杜工部自己不与焉。《新唐书》说李白"与贺知章、李适之、汝阳王琎、崔宗之、苏晋、张旭、焦遂，为酒中八仙人"，是又一说。杜工部虽然也好饮酒，也被人泥饮过，并不以剧饮名，后来病起就索性停了酒杯。何况八个人和杜工部也并不全是属于同一辈分。此诗成于何年，固难确定，要之总是天宝之初。仇沧柱注："按史，汝阳王天宝九载已薨，贺知章天宝三载，李适之天宝五载，苏晋开元二十二年，并已殁。此诗当是天宝间追忆旧事而赋之，未详何年。”所论甚是。至于范传正“李白新墓碑”所谓“在长安时，时人以公及贺监、汝阳王、崔宗之、裴周南等八人为酒中八仙”，则又是一说，无可稽考。无论八仙是怎个计算法，不能把杜工部计算进去。

八仙之中每个人酒量如何，也是一个问题。清嘉同[1]年间施鸿保著《读杜诗说》，他说：“今按此诗于汝阳则言三斗，于李白则言一斗，于焦遂则言五斗。即李适之言‘日费万钱’，据《老学庵笔记》等书，言唐时酒价每斗三百钱，故公有‘速来相就饮一斗，恰有三百青铜钱’之句。此云万钱，则日饮且三石余矣，虽不定是此数，然亦当以斗计也。独于张旭但言三杯，杯即有大小，要不可与斗较，岂旭好饮而量非大户耶？然与汝阳等并称饮仙，不应相悬若此，或杯字有误。”施鸿保所提问题不能说没有道理，唯于此我们应有数事注意。

首先，所谓饮仙乃是着眼于其醉趣。尤其是要看在他醉趣之中是否带有仙气，并非纯是计较其饮量之大小。能牛饮者未必能成仙，可能不免于伧父之讥。所谓仙气，我想大概就是借酒力之兴奋与麻醉的力量而触发灵感，然后无阻碍地发挥其天性与天才。称之为醉趣可，称之为天性与天才之表现亦可。这是我们平素不容易看到的奇迹，所以称之为仙。至若烂醉如泥，形如死猪，或使酒骂座，或呕吐狼藉，

① 嘉庆与同治的合称。

则都是酒后丑态，纵然原是海量，亦属无趣。所以饮中八仙，量不相同，正无足异。唯所谓“日费万钱”，则须知李适之是左丞相，焉能日饮三石？所谓“费”，是指用于饮酒之钱。故仇注引“黄布曰：‘日费万钱，饷客之用，皆出于此。’是也。”且人之酒量本有大小之不同，故酒曰“天禄”。我拍浮酒中者，也有五十余年，所遇善饮者无数，亲自所见最善饮者三五辈也不过黄酒三五斤耳（已醉之后狂饮，可能不止此数）。文人之笔下，好事者之传说，时常夸大其词，好像真有人能“长鲸吸百川”的样子。还有，酒与酒不同，要谈酒量必先确知其为何种之酒酿。如是醇醪，则不觉易醉，如是薄酒，多饮亦无妨。饮中八仙所饮何酒，我不确知。贺知章是会稽人，可能他所饮酒是秫制，秫即糯稻，可能即是今之黄酒。八仙虽根本未在一处饮宴，但诗中皆以斗为单位，这个斗字又是一个问题。斗若作为十升解，其容积为三百十六立方寸，约合美国二点六四加仑，一斗酒是相当多，三斗五斗岂不更吓煞人？假如斗作为酒器解，虽然我们不知道这斗究有多么大，只知道其形如斗，好像这样解释就比较容易接受似的。《诗经·大雅·生民之什·行苇》：“曾孙维主，酒醴维醹，酌以大斗，以祈黄耇。”可见大斗即是大杯，用以敬老。大斗不会是十升为斗的斗，老年人不可能喝下那么多的味道浓醇的酒。施鸿保的疑虑可能是多余的吧？

万取千焉，千取百焉

读《孟子》，开卷第一节就有一句看不甚懂。

“上下交征利，而国危矣！万乘之国，弑其君者，必千乘之家；千乘之国，弑其君者，必百乘之家。万取千焉，千取百焉，不为不多矣。苟为后义而先利，不夺不餍。”大意当然很明白，是在言义利之辨，但是“万取千焉，千取百焉，不为不多矣”，这句话怎么讲？看了各家注释，还是不大懂。

《幼狮学志》第十三卷第一期有李辰冬先生一篇文章“怎样开辟国学研究的直接途径”，劝大家不要走权威领导的路，他的意思是不要盲目地信从权威，要有自己的真知灼见。假如权威人物的话是对的，我们当然要服从他的领导，但是权威不一定永远对。李先生举了几个例子，其中之一正是我憋在心里好久的孟子这一句话。依李先生的见解，“自从赵岐注错以后，两千年来更改不过来”，宋朝孙爽的疏，朱熹的集注，清朝焦循的正义，皆未得要领。李先生认为：“解决这个问题很容易，只要把孟子书中所用的‘取’字作一归纳，看看孟子是怎样在用‘取’字，这几句话马上就释然了。”于是李先生翻《孟子引得》，“知道‘取’有两种意思：一作‘得’讲，一作‘夺’讲”。“万取千焉……”里的“取”字是作“夺”解。其结论是“万乘之国夺千乘之家，千乘之国夺百乘之家，这是上征利；正对上句‘万乘之国，弑其君者，必千乘之家……’而言，这是下弑上。‘不为不多矣’是指春秋战国时混乱的情形”。

我想李先生的解释大概是对的，因为这样解释上下文意才可贯通。所谓交征利，包括下与上争和上与下争两件事。李先生充分利用《孟子引得》，决定“取”作“夺”解，其实“取”字本有此义。“取”字有好多意思，好多用法，在某处应做某种解释，就要靠读者细心体会，同时再参用李先生的统计法，就更容易有所领悟了。

但是我要指出另一点。孟子是有才气的人，程子说他“有些英气”，《孟子》七篇汪洋恣肆，锋利而雄浑，的确是好文章。不过并不是句句都斟酌至当无懈可击。像“万取千焉，千取百焉……”这一句就有毛病，至少是写得不够明白。李辰冬先生说：孟子原文“语义多么清楚”！这一点我不大同意。如果原文语义清楚，赵岐便不至于误解。即使赵岐误解，也早该有人指出，何至于“糊涂了两千年”？即使大家都迷信权威，到如今我们说明其真义也就罢了，又何必借重《引得》，排比资料，然后才能寻绎其意义？“万取千焉，千取百焉”这八个字确是含混，所以才使人糊涂了两千年。“不为不多矣”一句也不够清楚，到底是什么东西“不为不多”？是“万”不为不多，还是“千”不为不多，还是上征利的情形不为不多？原文没有交代清楚。

我们的古书常有因为文字过简而意义不清楚的地方，也有因为作者头脑有时未能尽合逻辑而意义含混的地方，我们不必为贤者讳。西人有句话，就是荷马也有打瞌睡的时候。（Even Homer nods.）

海晏河清图

关于石涛有许多难解的谜。他的生卒年月就不易考订。有人说他生于崇祯三年，有人说是崇祯十三四年，更有人说是顺治十七年，相差有三十年之多。卒年亦无定论。总之他是明末清初之人。他是明朝靖江王的后代，他的父亲不肯依附唐王，卒至被杀。如果他是生于崇祯三年，崇祯殉社稷的时候他该是十五岁，家恨国仇，落魄王孙，万不得已，遁迹方外，曾有小诗一首：

诸方乞食苦瓜僧，戒行全无趋小乘。
五十孤行成独往，一身禅病冷如冰。

我们不能不同情他的身世。他的画超逸拔俗，和他的世外高人的身份也正相吻合。

但是相传在康熙南巡江南的时候他曾两度见驾，而且方睿颐《梦园书画录》还记载了他的一首诗：

无路从容夜出关，黎明努力上平山，
此去罕逢仁圣主，近前一步是天颜。
松风滴露马行疾，花气袭人鸟道攀，
两代蒙恩慈氏远，人间天上悉知还。
甲子长干新接驾，即令己巳路当先，
圣聪忽睹呼名字，草野重瞻万岁前。
自愧羚羊无挂角，那能音吼说真传，
神龙首尾光千焰，云拥祥云天际边。

方外高人似无山呼万岁的必要。诗亦俚俗，不似大家风范，故有人疑系捏造。画可以仿制，诗又何尝不可伪造？

近故宫博物院展出罗志希先生生前收藏书画，其中有石涛所绘《海晏河清图》一小幅，很有趣味。画幅很小，横约一尺，高六七寸。题识如下：

海晏河清
东巡万国动欢声，歌舞齐将玉辇迎。
方喜祥风高岱狱，即看佳气拥芜城。
尧仁总向衢歌见，禹会遥从玉帛呈。
一片箫韶真献瑞，凤台重见凤凰鸣。
五云江上起重重，千里风潮护六龙。

圣主巡方宽奏对，升平高宴喜雍容。
明良庆合时偏遇，补助欢腾泽自浓。
拜手万年齐献寿，铭功端合应登封。

海晏是海不扬波之意，河水千年一清，都是表示天降嘉应盛世升平，对帝王极尽奉承之词。看这一首诗，再看前述见驾诗，其口吻十分相似。无论见驾诗是否伪作，此诗大有可能是出于同一手笔。此画右下有“己巳”二字，见驾诗亦有“即今己巳路当先”之句，己巳是康熙三十八年（一六九九），是年帝南巡。画中己巳二字与题诗书法相同。如果见驾诗不是伪作，则此诗此画想亦非赝品。

现在不谈真伪，就画论画。海不扬波与黄河水清是两件事，画在一起颇为不易，祥风佳气更是难以表达于尺素之间。石涛上人执笔之前想必大费周章。画的近处是两个高岗，寒林点点，远处有船桅露现，再远处是茫茫的渚涯，可能是黄河入海处了。画中不但没有楼阁，没有人物，而且一片荒寒萧瑟之气，若不点明海晏河清，观者很难体会其善颂善祷之用意。我尝想，文人雅士在帝王淫威之下有时会实逼处此，不能免俗。石涛此作也许有他不得已的苦衷在。但是，我看了此画，很不舒服。

亚瑟王的故事

亚瑟王和他的圆桌武士的故事，一向流行很广，尤其是丁尼生把这些故事写成了叙事诗，多有渲染，使其更近于人情，遂成为每个儿童都耳熟能详的通俗读物。骑士踏上征途，茫茫然不知所之，寻求刺激，扶弱抑强，以游侠自任，或除暴客，或斩妖邪，一波未平一波又起的永无休止。中古时期特有的一种浪漫的恋爱观，所谓“高雅的爱”，对意中人奉若神明，唯命是听，赴汤蹈火，在所不辞，而对象又往往是有夫之妇，于是幽会私奔，高潮迭起。凡此种种，把这中古罗曼史点缀得花团锦簇，色彩鲜明，至今仍能给人以新奇的喜悦。

亚瑟的故事有很多荒诞不经的地方，像亚瑟的那一把魔剑，能削铁如泥，插在石头里谁也拔不出来，一定要等待“真命天子”才能一拔即出，亚瑟垂死之际这把剑又被抛在水里，水里伸出一只怪手把剑接了过去而逝。帮助亚瑟杀敌致果的魔师梅林，幻术百出，真是神通广大。像这样奇异的穿插，一望而知是诗人的捏造，无论是儿童或成年的爱听故事的人都不妨姑妄听之。但是也有喜欢刨根问底的人，要进一步问亚瑟与其圆桌武士究竟有无其人，是历史上的真实人物，抑或是诗人向壁虚造的资料？因为亚瑟王是第五或第六世纪的人物，而当时各家史籍竟无片言只语涉及其人，偶有提到他的文字亦语焉不详，甚至带有神话意味。所以研究文学与历史的人，大概都对亚瑟故事之真实性持保留的态度。近阅六月二十一日《新闻周刊》，有一段关于亚瑟的报道，如下：

> 亚瑟王的传说，一直有人信以为真，最近英国的历史学家顿宁（*Robert Dunning*）在反对方面又添上了他的异议。他写了一本书关于萨摩塞郡的基督教的历史，他说亚瑟王故事至少有一部分是十二世纪的格拉斯顿伯里寺院中的僧侣搞的一项招揽生意的噱头，这寺院据说是亚瑟王及其不贞之后桂妮维亚的埋身之所。据传说，亚瑟王在六世纪中叶，在战斗中受了致命伤，然后由一船载之而去，到了一个名为阿瓦龙的魔岛之上，其地在英格兰之西方。格拉斯顿伯里寺就是建在那个地方，但后于一一八四年毁于火灾。有一天，寺僧掘地为墓，掘出了一个铅质十字架，上有拉丁文字："著名的亚瑟王长眠于此阿瓦龙岛上。"再往深处掘，乃发现庞大的橡木棺，内有一躯体壮大的男子骨骼及一骷髅，左耳上方有曾被击碎模样。尸骨的一边又有一副较小的骷髅，几缕细弱的黄发。

当时一般人都以为这遗骸就是亚瑟王及桂妮维亚。但是顿宁于仔细研究一切有关文献之后，乃得一结论，这可能全是那些僧人编造出来的谎言，借以敛财重建寺院。捐款纷纷而来，但是被狮心王截断了，因为他更感兴趣的是第三次十字军。“人们必须加以诱骗使之继续地慷慨输将，”顿宁说，“伪造文书与欺骗行为好像在最虔诚的宗教人士之间，也不是不常见的。格拉斯顿伯里建筑基金的来势渐行疲软之际，硬指格拉斯顿伯里为阿瓦龙而且发现了亚瑟的墓，岂不是最好的宣传手段？”

凡是传说，当然是不易消灭的。在格拉斯顿伯里之南仅仅十英里的地方，有一群英国考古学家，号称“卡美洛特研究委员会”已经在一座山下掘了好几年，以为那就是亚瑟王宫廷所在的卡美洛特之故址。已故的丘吉尔对于揭发亚瑟王故事之虚伪的人也不大以为然。在他的《英语民族史》里，丘吉尔描述亚瑟王的传说为：“其题材之踏实，其灵感之丰富，其为人类遗产之不可分割的一部分，较之《奥德赛》或《旧约》皆无逊色。全是真实的，或者说应该是……”

丘吉尔最后一句话是很狡猾的。他知道那不是真实的，所以他补加一句转语“或者说应该是……”凡是神话之类的东西，日久逐渐成为传统或历史的一部分，一般人明知其虚伪也不愿加以揭发，因为一经揭发，传统或历史不免要损失一部分色彩。传统与历史需要装潢。

莎士比亚与时代错误

所谓时代错误（anachronism）即把一个人、一件事，或一个东西于其尚未出生、尚未发生或尚未产生的时候就提前予以陈述或提及。在一个人已不存在的时候而误以为他尚在人间，这当然也是时代错误。文学作品里这是常见的事，古今中外的大作家有时亦不能免。莎士比亚当然不是例外。且举一些例子如下：

《冬天的故事》里提到雕刻家朱利欧·拉曼诺为赫迈欧尼画像的事，按拉曼诺卒于一五四六年，和《冬天的故事》时代相距有一千六百多年之遥。这一错误近似“宋版的康熙字典”了。在这出戏里我们知道赫迈欧尼的父亲是俄罗斯的皇帝，但是这故事的背景是放在耶稣纪元以前，彼时俄罗斯尚是一个未开化的地方，哪里能有皇帝存在？这个故事既然是发生在耶稣诞生以前，如何可以提到“清教徒”“原始罪”“犹大卖主”“圣灵降临节”？

《尤利乌斯·凯撒》一剧里也有严重的时代错误。布鲁特斯一派的人定钟鸣三声为分手的时刻。钟而能鸣，当然是自鸣钟。这样的钟是很晚近的事。自鸣钟的发明只有三百多年。“明万历二十八年大西洋人利玛窦来献自鸣钟，秘不知其术，大钟鸣时，正午一击，初未二击，以至初子十二击；正子一击，初丑二击，以至初午十二击。小钟鸣刻，一刻一击，以至四刻四击。”按万历二十八年为公元一六〇〇年，利玛窦以钟来献，想来钟在彼时尚是新奇之物，距新发明当不甚远。凯撒卒于纪元前四十四年，距自鸣钟之发明当有一千六百多年。故凯撒时代的人不可能知道有自鸣钟其物。那个时代报时的工具应该是“漏”，水漏。还有，剧中提到布鲁特斯“读书时把书页折了一角”。按罗马时代的书只有“卷”而无“页”，故书页折角乃绝无可能之事。

《伯利克里斯》剧中提到“手枪”。按手枪始创于意大利，约在十九世纪中叶。伯利克里斯是纪元前五世纪希腊政治家，在这样古的时代怎能说到手枪?

《泰特斯·安庄尼克斯》剧中萨特奈诺斯与塔摩拉结婚前发誓说：“牧师与圣水就在近边……”按牧师与圣水为天主教堂举行婚礼时所必需，而此剧背景是在罗马时代，与天主教堂根本风马牛不相及。又，此剧中之陆舍斯扬言要“砍下‘俘虏们的’肢体，放在柴堆上燔烧……祭奠我们的弟兄们的亡魂”。按罗马一向没有燔祭人肉的习惯，罗马人固然强悍残忍，但是杀死俘虏燔其肢体以飨阵亡将士之灵，罗马文化中尚无此一项目。

《考利欧雷诺斯》剧中拉舍斯赞美马尔舍斯之勇敢善战曰：

“凯图理想中的军人。”按凯图生的那一年，考利欧雷诺斯已死去了二百五十五年之久。拉舍斯是考利欧雷诺斯同时期的人，如何能在他的口中说出凯图？莎士比亚此一错误亦有其根据，他根据的是普鲁塔克的传记。须知普鲁塔克的传记，是叙事体，作者以第三人的地位尚论古人，引用较晚的凯图的理想来赞美较早的马尔舍斯，固未尝不可。但莎士比亚的作品是戏剧，句句话都是对话，那便不可让拉舍斯口中吐出凯图这个人名。莎士比亚喜用普鲁塔克的文句，偶一不慎，遂生纰漏。

《亨利八世》剧中，诺佛克公爵对白金安公爵说：“法国破坏盟约，扣留英商货物。”按扣留货物一事发生在一五二二年三月，而根据历史白金安公爵已于前一年五月十七日被斩首。

《理查三世》二幕一景中格劳斯特乞求大家对他谅解，一位一位地数着，把乌德维尔大人、黎佛斯大人和斯凯尔斯大人当作了三个人。其实所谓乌德维尔大人，根本无其人。事实上王后的弟弟安东尼·乌德维尔即是后来的黎佛斯伯爵，亦即斯凯尔斯大人，一个人有两个勋衔，莎士比亚遂误以为是三个不同的人了。这倒不是时代错误，不过也是错误。

《亨利六世》上篇五幕四景约克称阿朗松为“声名狼藉的马基雅维利”，是把马基雅维利当作野心家的别名，因为马基雅维利著《君主论》，申述用人处事以及纵横捭阖之术，一般人（尤其是未读过其书的人）斥为有关霸道权术之作，不合于宗教道德之理想。但是

《君主论》之刊行乃在一五一三年，而亨利六世在一四七一年就死了！又，三幕二景琼恩对白德福公爵说：“你要做什么，白胡子老头儿？”按白德福即《亨利四世》中之兰卡斯特亲王约翰，为四世之第三子，死于一四三五年，时仅四十五岁，比琼恩还晚死四年，焉得称之为“白胡子老头儿”？又，二幕五景毛提摩临死前自述家世谱系，“从我母亲方面讲，我是老王爱德华三世的第三子……之后”。按母亲是祖母之误。莎士比亚之所以有此误，乃由于叔侄同名为毛提摩之故。英国王家谱系甚为繁杂，有时很难弄得清楚。

《亨利四世》上篇三幕二景有“苏格兰的毛提摩”一语，怎么苏格兰又有一个毛提摩？原来是乔治·顿巴尔，只因他也拥有“玛尔赤勋爵”衔，故与英国的毛提摩相混了。

在地理方面莎士比亚也出过乱子。《冬天的故事》把阿波罗在Delphi的神庙说成在Delphos岛上，其实是在大陆上的Phocis。莎士比亚把阿波罗出生地Delos岛与Delphic神谕混为一谈了。这还不太严重，较严重而最成为话柄的是莎士比亚误以为波希米亚是一个滨海的国家，其实波希米亚在内陆，根本没有海岸。他这两个错误，都是沿袭格林的一篇散文传奇而以讹传讹。另一剧《维洛那二绅士》说起瓦伦坦由维洛那“搭船到米兰”也颇引人非议。有人为莎士比亚开脱，说那时候两地之间是有一条运河。其实这也是多余，因为剧中后来明说瓦伦坦是从陆路回来的。

以上举例，仅是其作品中一小部分的疵谬，不足为莎士比亚病。

幸亏他的戏剧不是教科书，否则就难免误人子弟之咎，幸亏他的戏剧不是推行社会教育的工具，否则亦难免要遭受学人的非难。可是事实上，莎士比亚的戏早已成为许多学校的教科书，他的戏（尤其是历史剧）早已成为英国一般民众认识英国历史的主要工具之一。而戏中这许多瑕疵，还任由它谬种流传，没有人能成功地予以纠正，其故安在，可深长思。

约翰逊的字典

约翰逊的英文字典刊于一七五五年，除了在规模较大的图书馆里，现在很少人有机会看见这部字典的原貌，但是这部字典有其不可磨灭的位置。我幼时在教科书里读到约翰逊致柴斯菲德伯爵书，即心仪其人，后来读了麦考莱的《约翰逊传》，得知其生平梗概，越发对他向往。近年来我与字典编纂的工作结了不解之缘，深知其中甘苦，对于约翰逊的字典遂有较为深入的了解。我从书架上取下这部一七五五年出版的字典的复制版，展开来看，原书面貌丝毫不爽，纸是黄的，墨色是暗淡的，字形是粗陋的，古色古香，但是我面对着二百多年前的外国的这位前贤的力作，不胜敬服，感慨万千。

约翰逊这个人，很不平凡。他的一只眼差不多瞎了，另一只患极度近视。脸上有疤，皮肤患有瘰疬。虽然经过女王触摸亦未治愈。时常口中念念有词，自言自语，有时用舌端舐着口腔上膛突然向后一抽，发出母鸡似的咯咯声，有时用舌端突然向外一吐做嘟嘟声，有时和人争论之后仰天吐一口大气如鲸鱼喷水。走路先抬左脚或右脚都有一定，走到门口一共多少步也有一定，如果错了需要回转重新走过。他头向右歪斜，身躯前后摇动，手掌不断地搓着膝头，他声若洪钟，他衣裳褴褛，他鞋底上尽是污泥，他吃起东西来狼吞虎咽，油渍可以溅到旁边客人身上。与贵妇同席，可以忽然蹲伏到桌底下偷偷地剥落一只女人鞋。他体格强健，膀大腰圆，有人说他应该以“脚行”为业，他在剧院发现他的座位被人占据而勃然大怒时把那个人连人带椅一起掷到楼下去！约翰逊就是这样的一个怪人。可是他为人正直，心地忠厚，自奉甚俭，而家里却养着一大堆闲人。他的妻子比他大廿岁，肥头大耳，而伉俪情感甚笃。他读书涉猎很广，对于希腊罗马的古典文学作品寝馈尤深，谈话时口若悬河，为文亦气势磅礴。文学家以作品行世，克享大名历久弗衰，唯约翰逊异于是。他是以他的特立独行的人格彪炳千古，并不靠任何一部著作。在十八世纪下半叶，他真的是称得起“文坛盟主”。一七六四年间成立的“文学社”，那是历史上罕有的风云际会的结合，一共九个人，每星期在酒店中聚餐一次，晚七时起，夜深始散，其中包括演员加立克，画家雷诺兹，诗人小说家高尔斯密，戏剧家谢立敦，政治家柏尔克和他的传记作家鲍斯威尔，而约翰逊实为其中之灵魂。他的一生行谊，他的作品所表现出来的道德的严肃性，使得他成为一个令人敬爱的不朽的人物，他最初成名的作品便是他的字典。我们现在谈谈他的字典，仍然是颇有兴会的事。

文人自古与穷结不解之缘。约翰逊一生潦倒，一起始即沦为文丐。字典是几个出版家提议约请他编的，创议的是书贾道兹雷。在那个时代以一个人的力量编一部字典，是太不容易的事。原计划是以三年为期，事实上是七年才得竣事。鲍斯威尔记载有一位亚当博士自始就怀疑他能在三年之内完成，他提出疑问说："先生，你三年怎能完成呢？"约翰逊说："我毫无疑问三年可以完成。""但是法兰西学院有四十位院士，他们合编一部字典用掉四十年的工夫。"约翰逊的回答是："先生，确是如此。比例是如此的。让我来计算一下：四十乘四十，是一千六百，正是一个英国人对一个法国人的比例。"约翰逊是何等的自负！事实上编字典是他煮字疗饥的手段。约翰逊在二十六岁时结婚，生活一直狼狈，他希望能从这部字典上得到经济上的帮助。编工具书是吃力不讨好的工作，好人不愿意做，坏人做不好。约翰逊若非不得已，不会接受这样的工作。他的字典于一七五五年四月十五日出版，他的老妻于三年前逝世，他认为最大的悲哀之一便是他的老妻贫苦多年未及亲见字典出版分享他的荣誉。书贾给他的报酬是一千五百基尼，合一千五百七十五镑，雇用助手抄写费用均需从这笔款项中支出，约翰逊的"三年期限"估计错误，拖延到七年之久，其间陆续动用稿酬贴补家用，到了字典出版之时实际已多支了一百余镑之数，翌年且有两度因债被捕入狱，字典给他的经济帮助究有多大可想而知。这真是文人的可怜的遭遇。

约翰逊的字典不是英文的第一部字典，但是在规模上、在分量上、在实质上不愧为第一部重要的字典。最早的英文字典当推一六二三年考克拉姆的字典，虽然在一六二三年以前不是没有性质近于字典的辞书。约翰逊的字典里收的单字大多数是采自前人的字典，但其余的部分都是他自己从各项书籍里检出来的。他的书架上有上千种的书，供他检寻单字。他要从各个作家的书里找出每个字的重要用法的例句。他主要参考了三本字典：

（一）倍来的英文字典（一七二一年本）

（二）安斯渥兹的拉丁字典（一七三六年本）

（三）菲利浦斯的英文字典（一六五八年本）

他所参考的书籍，从而摘取例句的书籍都是复辟时代（一六六〇年）以前的作品。他用黑铅笔在借来的字典上及其他书籍上画了记号，然后由缮写员誊录。誊录时在每个单字下面预留空白，由约翰逊填写定义。他共雇用了六名缮写人，其中五人是苏格兰人，都是穷寒之士，后来得约翰逊之恩惠不少。

这部字典的正式标题是："英文字典：所收单字均溯及字源，并从优秀作家采取不同意义之例句。卷首弁以英国文字史及英文文法各一文。"从这标题亦可推测出这部字典的性质。共两册，对折本，定价九十先令，于一七五五年四月十五日在伦敦出版。英国博物院现藏有三部。以后重版多次，第四版（一七七三年）曾经修正，第八版（一七九九年四开本二册）及第九版（一八〇五年八开本四册）亦有改正。但以最后的第十版为最佳，一八一〇年出版，四开本二册。一八一八年陶德之改编本出版，内容颇有增益，较原作多出数千字。

以后续有删节本、续编本、翻译本、改编本出现，不胜枚举。原本字典，序占十页，英国文字史占二十七页，英文法占十三页。

这部字典在当时可以说是搜罗宏富，定义精审。以著《英国文明史》闻名的巴克尔曾读这部字典以求多识字；诗人勃朗宁也曾熟读这部字典。读字典是不足为训的读书方法，在从前或许不失为一种方法。卡莱尔在《英雄与英雄崇拜》里说："假如约翰逊的作品只留下一部字典，我们也可看出他是一个智力伟大而又实事求是的人。试看他的定义的清晰，内容的坚实、诚恳、透彻，以及其成功的方法，这部字典便可认为是最好的一部了。"

约翰逊最大的短处在于字源方面，因为他不是文字学家，科学的文字学研究在十八世纪还不曾出现。据鲍斯威尔的记载，约翰逊的书架上有朱尼阿斯与斯金纳的书，这两个人都是十七世纪的英国学者，写过关于字源学的书，显然约翰逊对于文字学的知识是不够的。不过此外还另有一个缺点，他时常不能抑制自己的情感与偏见，在定义上露出主观的见解，有时且流于滑稽讽刺。例如：

燕麦——在英格兰通常用以饲喂马的一种谷类，但在苏格兰供人食用。

恩俸——对不作任何等值的服务者之酬金。在英格兰通常认为是对国家雇员之背叛国家者所给付之薪水。

领恩俸者——一个国家的奴才，受雇支薪，以服从其主人者。

编字典者——编写字典的人，一个无害的文丐。

进步党——一个小派系的名字。

骹骨——马的膝盖。

“燕麦”的定义表示他对苏格兰人的厌恶，但是事实上他有好多苏格兰人的朋友，包括鲍斯威尔在内，可见约翰逊这人嘴硬心软。关于“恩俸”两条定义，在后来他自己也领取恩俸的时候（一七六二年），使他感到很尴尬。“编字典者”的定义含有无限辛酸。“进步党”是他所痛恨的，所以不惜加以那样的一条定义。“骹骨”的定义显然是错误的，有一位夫人问他何以要下这样的定义，他回答说：“无知，夫人，由于纯粹的无知。”

最后要谈到约翰逊与柴斯菲德的一段关系。在约翰逊的时代，教育尚不普及，读众因之很少，以写作为职业的人无法以出卖作品的方法得到充分的经济报酬，所以保护人制度一直继续存在。富有的贵族，是最适当的保护人，把一部分作品奉献给他，使他得到名誉，他对作家予以经济上的照拂，这可以说是在不得已的情形下的一种交易行为。约翰逊是一个贫穷而高傲的人，从来不曾有过保护人，他年轻的时候，他的鞋子破得露出了脚指头，有人悄悄地放一双新鞋在他门前，他发现之后一脚踢开。他受不了人家的恩惠。他编这部字典，受了生意人的怂恿，把字典的“计划书”献给了柴斯菲德伯爵。柴斯菲德伯爵是当时政界显要，曾出使海牙，做过爱尔兰总督，并且是一个有才学的人，他最著名的著作是写给他的一个私生子的《书翰集》。约翰逊，像其他穷文人一样，奔走于柴斯菲德门下，受到他的接待，并且获得小小数目的资助，但是没有得到热烈的欢迎。哪一个贵族家庭愿意看到他们的地毯被一只脏脚给污损呢？约翰逊去拜谒伯爵的时候，门人告诉他伯爵不在家，他恼了。据近代学者研究，柴斯菲德有点冤枉，他很忙，把他疏忽了是可能的，但并无意侮辱他。字典将近出版的时候，柴斯菲德从书商道兹雷那里得到了消息，立刻写了两篇文章称赞约翰逊的勤劳，登在一七五四年十一月二十八日及十二月五日的两期《世界报》上。可能这完全是出于善意，不料竟惹起了约翰逊的愤怒，使得约翰逊于一七五五年二月七日写了给柴斯菲德那封著名的信：

伯爵大人阁下：

近承《世界报》社长见告，介绍拙编字典之两篇文字乃出自阁下之手笔。愚过去从无受名公巨卿垂青之经验，今遇此殊荣，诚不知如何接受，何词以谢也。

忆昔在轻微鼓励之下，初趋崇阶，余与世人无异，窃为阁下之风度所倾倒，不禁沾沾自喜，自以为“世界之征服者”亦不过如是矣；举世竞求之恩宠，余从此可以获得矣；但余之趋候似不受欢迎，自尊与谦逊之心均不许我继续造次。昔曾公开致书阁下，竭布衣之士所能有之一切伎俩以相奉承。余已尽余之所能为；纵微屑不足道，但任何人皆不愿见其奉承之遭人轻蔑也。

阁下乎，自余在尊府外室听候召见，或尝受闭门羹之滋味以来，已七年于兹矣！在此期间，余备尝艰苦，努力推进余之工作，终于将近杀青，曾无一臂之助，无一言温勉，无一笑之宠。此种遭遇非余始料所及。因余以前从无保护人也。维吉尔诗中之牧羊人终于认识爱情之真面目，发现爱情乃如山居野人一般之残酷。

所谓保护人者，阁下乎，岂见人溺水做生命挣扎而无动于衷，方其抵岸乃援以手耶？今谬承关注余之艰苦工作，设能早日来到，则余受惠不浅矣。但迟迟不来，今则余已不复加以重视，无从享受；余已丧偶， 无人分享；余已略有声名，不再需要。对于不曾从中受益之事不表感激，关于上天助我独力完成之事不愿世人误为得力于保护人，此种态度似不能视为狂傲无礼也。

余既已进行工作至此阶段，曾无任何学术为人眷顾，则于完成工作之际如遭受更少之眷顾，假使其为可能，余亦将不觉失望；因余已自大梦初醒，不复怀有希望，如往昔之怀抱满腔热望，自命为

阁下之最低微最忠顺之门下士

约翰逊

这一篇文情并茂的文字一直被后人视为近代文人的“独立宣

言”。因为这是最富有戏剧性的对于保护人制度的反抗。此后保护人制度即逐渐被社会的广大读众所代替。作家不必再看保护人的眼色，但是要看读者大众的眼色！这一封著名的信直到一七九〇年鲍斯威尔才把它正式发表，售价半基尼。

桑福德与墨顿

儿童读物除了具备高度趣味之外，总不免带有教育的意义，或是旨在益智，或是注重道德修养。过去的儿童读物有些特别成功的，流传至今，成为古典，其所描写必定是千古不变之人性，纵然其故事部分情节或已成明日黄花，其中议论或有不合现时潮流之处，但趣味犹存，无伤大雅。读十八世纪英国的一部小说《桑福德与墨顿的故事》（*The History of Sandford and Merton*），作者是陶玛斯·戴（Thomas Day），深觉一部作品之禁得起时间考验，必有其永恒之价值。

陶玛斯·戴是伦敦人，一七四八至一七八九年，出身牛津及中殿法学院，毕生致力于道德的与社会的改革运动。其最著名的作品便是一七八三至一七八九年出版的《桑福德与墨顿的故事》，好像是专为儿童阅读的，虽然他没有打出“儿童文学”的旗号。

英国西部有富翁墨顿者，在牙买加岛拥有巨产，雇用奴工种植甘蔗，仅有一子陶美，钟爱异常。陶美在奴仆环侍之下养成骄奢狂放的恶习，其母又溺爱不明，不使读书，任其随心所欲。贪食致病，不肯服食药饵，亦听之。在宾客面前毫无礼貌，跳踉恣肆，有一回几被一壶沸水烫死。身体羸弱，弱不禁风。陶美六岁时返回英伦，四体不勤，读写算一概不通，而骄傲使气，无一是处。墨顿家附近有一诚实农人，姓桑福德，亦有一独子，名哈利，与陶美年相若，哈利奔驰田野，体健活泼，性情良善，特富同情心，有时泽及动物，地上昆虫亦避免践踏。乡村牧师巴娄先生特喜爱之，教以读写，提携备至。哈利养成不诳语之习惯，而且不贪食。食取果腹，饱食之后虽糖果当前亦不顾。一偶然之机会使此身世性格全然不同的两个孩子聚在一起。一日夏晨，陶美与女婢在乡间采花捕蝶为戏，丰林长草之间忽然巨蛇缠在陶美腿上，二人惊骇欲绝，不知所措。哈利适过其地，乃奋勇抓住蛇颈，掷之于数步之外，陶美得免于难。墨顿夫人等闻讯而来，对哈利·桑福德深表感激，乃邀至其家，款以饮食。哈利初入豪富之寓邸，所闻所见无不新奇，然不为之炫，以为金杯银盏不及农家牛角杯之禁得起磕碰。饭后饮酒，哈利又拒之，盖受巴娄先生之教，非渴勿饮，非饥勿食，墨顿夫妇大异之，以为哈利在巴娄教导之下深明道理，俨然哲学家之口吻，乃有送陶美亦去受教之意。哈利回家之后，以经过告知乃父，力言富室之家不及农舍之舒适。

墨顿夫人以为哈利豪爽善良，但嫌粗鲁，中下层社会之子弟究不如时髦人士家中子弟之高雅，墨顿先生的想法不同，仪表风度无关宏旨，且容易学习，真正的文质彬彬的君子应有高尚的情操、出众的勇敢，益以真诚的礼貌，于是他决定送他的陶美到巴娄先生处受教育，并且造访桑福德，请以哈利为陶美之读书伴侣，哈利之一切食宿费用由他负担。巴娄先生初则谦逊不遑，终于接受了他的请求。翌日正式教学，第一桩事是巴娄先生持铲，哈利持锄，在园圃做工。“要吃东西，就要帮助生产。”陶美也分得一畦地，而陶美说：“我是绅士，不能像农夫似的做苦工。”巴娄先生也不勉强他，但是巴娄完工之后和哈利食樱桃，没有他的份，陶美哭了。等到吃晚饭的时候，也没有他的份。哈利于心不忍，把自己的食物分给他吃。

翌日，巴娄先生和哈利又上工做园艺，陶美自动要求也要一把锄。他不会使用，屡次砍了自己的腿，巴娄先生教他如何挥动锄头，不久他就会了。工作完后一起吃水果，陶美胃口大开，其快乐为生平所未有。巴娄要他读个故事给大家听，他又窘了，他不能读，只好由哈利来读。陶美因此发愤，请哈利教他读，由识字母起进展很快，不久读故事已能朗朗上口，巴娄先生亦为之欣喜不已。陶美得意忘形，自以为知识已丰，巴娄先生诫之曰：“若无人帮你，你一无所知，即是现在你亦所知甚少。”

陶美非驽，学习很快。但是他对贫苦的人傲慢无礼，有一次吃了苦头。他击球落于篱外，适有衣衫褴褛的儿童经过，陶美以命令口吻令他拾捡起来。童子不理，遂生口角。陶美大怒，跃过篱笆欲饱以拳，不料下临泥沟，陷入污泥而不能自拔，赖童子援手始得出困，浑身泥染，狼狈不堪。

陶美和哈利合作造一间茅舍，初则风吹壁倒，继则雨水渗漏，他们不气馁努力改善，深深打桩以固墙基，无虞风暴，屋顶倾斜使不积水，即可不至渗漏。

有一天，陶美的父亲突然来接他回家，陶美已完全变了一个新人，他哭哭啼啼地说：“我过去累及父母，实在不配享有那样的爱。”桑福德先生也来了，墨顿把他拉在一旁，除了申谢之外他以数百镑的钞票作为赠礼，桑福德坚不肯受，而墨顿则坚求其收下。陶美临别时对哈利说：“我不会和你离别太久的，我如有寸进皆是由于你的榜样。你教导了我，做一个有用的人比富有或华丽好得多，做一个好人要比伟大的人好得多。”

故事的梗概约略如此，其中还穿插着若干短篇故事。这部小说在当时流行很广，许多父母教导儿女：“读你们的《桑福德与墨顿》去！”显然这部小说是受卢梭的教育小说《爱弥儿》的影响，但是在自由主义的教育精神之外，又加上了道德教训，这就是英国民族性和法国民族性不同的地方。

尘劳

尘劳纠缠我们太甚；夙兴夜寐，
赚钱又挥霍，我们浪费了精神；
自然界很少事物使我们赏心悦目；
我们抛弃了心，真是不合算的买卖！
向月亮坦露胸怀的大海；
那无时不在的怒吼而现在没有声音
像睡花闭拢起来似的狂风阵阵；
这一切，我们都觉得合不来；
它不能感动我们。——神啊，我宁愿
是古老教条抚养大的异教徒一个；
以便伫立在这愉快的草原，
瞥见一些什么，减少我的寂寞；
看普洛提阿斯自海中涌现；
或是听老特莱顿吹他的海螺。

这首十四行诗是华兹华斯一八〇六年左右作，也许是他前前后后所作约五百首十四行诗中之最为人所熟悉者。第一行是The world is too much with us，即以为题，人生苦短，整日为名缰利锁所牵，连大自然的良辰美景都不能享受，真是何苦来哉！华兹华斯反对对过度的物质享受的追求，主张归真返璞，宁愿做一个原始的异教徒！其实古今中外的文人雅士没有不向往山林的。苏东坡诗“朝来拄笏看西山”，典出《世说新语》，王子猷以手版拄颊，自言自语地说“西山朝来，致有爽气”，言其在从政时并不忘情于自然之欣赏。

十四行诗格局谨严，在趣味上有一点点近似我们的律诗，一样有起承转合，只是没有对仗。华兹华斯作诗，主张使用日常言语，常常不是模仿民谣形式，便是以无韵诗行写成所谓的“谈话诗”，有意地打破新古典派的法则。但是在另一方面他喜欢写十四行诗，为弥尔顿以降，最大的十四行诗作者之一。这原因是华兹华斯究竟是一个艺术家，“征服困难”永远是一件乐事。能熟练运用文字的作者，还能怕音节的规律和韵脚的束缚吗？能作古典诗，才有资格谈新诗；能作新诗，才有资格谈古典诗。华兹华斯并不矛盾。十四行诗与歌谣体各有千秋。

四十多年前，我们的白话诗尚在萌芽时代，闻一多、徐志摩试行采用西洋诗的形式，尤其是闻一多译了勃朗宁夫人若干首“葡萄牙人的情歌”，又做了几首“商籁”，无非是偶然兴至。我当时就觉得此路不通。尤其是“商”“桑”不分，“籁”“耐”不分，听起来就别扭，可是“商籁”二字居然也有人沿用不误。有人嘲笑之为“戴着镣铐跳舞”，这也是不懂西洋诗的艺术者的皮相之论。只要舞得美，戴了镣铐又有何妨？中国文字和西洋文字不同，十四行诗生吞活剥地在中文诗里出现，难以成功，且亦无此必要。诗必须根据自己的传统寻求创新，外来的精神与形式不是可以不加选择即予采纳的。看华兹华斯之推崇十四行体，也是念念不忘西洋诗的传统的成就。下面是他一八二七年作的一首十四行诗：

莫轻视十四行诗

莫轻视十四行诗：批评家，你忘了
它的光荣所以才皱眉；用这把钥匙
莎士比亚打开了他的心房；这小小的
琵琶的乐声曾安抚皮特拉克的烦恼；
用这笛子塔索吹出过千遍的歌调；
卡模昂在流亡中也用它来消遣，
但丁的花冠覆在他的冥想的额前，
十四行诗也曾在那柏叶之间照耀了
一片欢乐的叶子：是萤火的微光，
鼓舞了风流的斯宾塞，把他从仙境唤醒，
来和寂寞奋斗；一旦无情的沮丧
包围了弥尔顿的前程，在他掌中
这东西竟变成喇叭；他借以吹叫
惊心动魄的音调——哎呀，可惜太少！